CRONACHE A MEMORIA

Giuseppe Cesare Abba

In quelle parti sopra il Monferrato che si chiamano Langhe, dove il dilagare della rivoluzione francese era stato sentito prima che nelle altre terre subalpine; passati che furono i tempi di Napoleone, la vita a poco a poco tornò a correre quasi quale un mezzo secolo avanti. Con un po' d'arte, lo Stato e la Chiesa vi rimisero tutto nell'antico andare; molta disciplina civile, molte pratiche religiose, indussero di nuovo il sentimento dell'esser vivi ognuno a godere il poco a lui possibile e ad espiare la sua parte del peccato originale: molta rassegnazione, molto dubbio dei così detti beneficii lasciati dalla rivoluzione, alcuni dei quali veramente non si potevano disconoscere, ed erano, tra gli altri, le opere pubbliche, le grandi strade aperte da Napoleone. Queste, sì, erano fatti; ma, insomma, egli stesso, Napoleone, per far quel poco di buono e durevole, aveva dovuto mettersi in capo una corona. E questa non gli era neppur bastata. Non avevano visto tutti? Appena egli se l'era presa col Papa, giù su lui le disgrazie! Era caduto nel nulla col suo impero. Che cosa giovava che in ogni città o borgo ci fosse qualcuno divenuto grande sotto di lui e che in tutti i casati ci fossero degli uomini che avevano girato per lui l'Europa, dalla Spagna alla Russia? Solo guadagno fatto da loro il potersi vantare d'aver servito quell'uomo, di parlare e di bestemmiare un po' il francese, di ricordare qualche frase d'altre lingue dei paesi dove erano stati condotti alla guerra o dove avevano vissuto da prigionieri. Chi aveva portato a casa qualcosa? Uno diceva di aver nascosto un tesoro in un bosco o a piè di una pila di ponte nella tal città dell'Austria, e vecchio cercava ancora invano chi volesse andare con lui a ritrovarlo: un altro aveva viaggiato con lo zaino pieno di zafferano tolto nel saccheggio d'una città spagnuola, ma diceva che poi, scoperto dai superiori, questi glielo avevano levato, e se ne mordeva ancora le mani: molti mostravano delle cicatrici testimonianze d'un gran coraggio, ma stringevano tutti pugni di mosche. Godevano d'essere stati ciò che erano stati, grandi soldati, ecco tutto: ma in cuor loro dovevano dire che se fossero tornati i tempi e la gioventù, non essi sarebbero tornati a quella gloria. Vera gloria era sempre stata e doveva divenire di nuovo il vivere umilmente contenti nel posto che la Provvidenza aveva assegnato a ciascuno, solo migliorandoselo con le proprie forze senza danno del prossimo: interesse e timor di Dio, amare il Principe, venerare il Papa e la gerarchia, ubbidire i genitori, farsi ubbidire dai figli, pensare all'anima e rispettare le autorità sotto le quali si era immediatamente posti. Che cosa si voleva di più bello che una vita tutta d'ordine, in cui il Re si curava del bene terreno dei sudditi e la Chiesa delle cose spirituali dei fedeli? In quanto al rispetto, questo aveva ripreso le sue forme antiche, cominciando dalla famiglia. Nelle case signorili si dava del lei ai nonni e ai genitori che si davano di solito tra loro del voi; del voi si davano i figli tra fratelli e sorelle: in quelle del popolo, il voi correva pure tra marito e moglie, del voi si davano tra di loro i figli; e se questi si davano del tu passavano per maleducata plebe.

C'erano ancora dei vecchi Giacobini che avevano assorbito lo spirito rivoluzionario fin da quando erano passati i primi francesi da Montenotte, e non si erano mai ravveduti; ma tacevano, e bastava lasciarli morire naturalmente ad uno ad uno. Se qualcuno di essi aveva qualche volta alzata la voce, la aveva alzata subito più di lui qualcun altro che era stato barbetto e a ricordo di tutti s'era vantato d'aver da giovane seppellito più d'un francese di quei primi venuti, colti sbandati per la campagna, nei tempi delle loro invasioni o della loro ritirata del 1799. E il giacobino taceva, per non essere mandato ramingo nel mondo. Dunque la convivenza civile si era rimessa nella tranquillità, proprio così come aveva vissuto prima di quella brutta interruzione dei francesi e del loro Napoleone.

Così pensavano in alto le grandi autorità, dei cui ordini erano esecutori zelanti in basso il sindaco, il parroco, il brigadiere. Quando questi tre erano d'accordo nel giudicare male d'un uomo, questi, poveretto lui! E non ci voleva molto a farsi colpire. Un bottegaio non chiudeva bene l'uscio del suo negozio prima dell'ultimo tocco per le funzioni sacre? Guai se si avvedeva il brigadiere. Questi entrava, tirava fuori il disgraziato pel bavero e lo trascinava in chiesa. Ciò lì per lì, ma poi appresso si sarebbe visto che fargli. Dispiaceva a qualcuno che quei tre condannassero troppo? Mormorava? Una buona lettera al comandante della provincia, ed egli era bell'e servito. Per cose poi di maggior importanza in cui entrasse ombra di maltalento verso il Governo, c'era la minaccia sempre paurosa della Sardegna, delle Saline; e si sapeva che di quelli che v'erano stati portati, come si diceva in proverbio, a zappare il sale, pochi ne erano ritornati.

Di scuole, ma solo nei borghi d'importanza, c'erano quelle dove s'imparava a leggere, scrivere e a far conti. Il maestro era quasi dappertutto un sacerdote che sovrattutto sapeva far tremare. Sotto di lui si raccoglieva il piccolo numero di ragazzi delle famiglie principali e quelli della gente mezzana che aveva qualche voglia, possibilità o speranza di far di loro alcunché di più che non era stata fatta essa stessa. Ma ad essi doveva bastare d'apprendere a far di propria mano un biglietto od un conto. Ed erano già dei fortunati, perché per le vie brulicava il resto dei fanciulli, che erano il maggior numero, cui la poca cura dei genitori, occupati a guadagnare loro il pane, e il disprezzo dei maestri tenevano lontani dalla scuola, dove per altro non c'era posto che per quegli altri pochi. In quello studio elementare, i figli dei ricchi stavano uno o due anni, poi passavano in una classe che si chiamava grammatichetta, ai rudimenti del latino; da questa salivano alla grammatica fatta di solito da un altro sacerdote più valente, che presto li metteva a tradurre il Da Kempis, per indurre in essi lo spirito che doveva giovar loro a non lasciarsi guastare da altri studi l'anima cristiana. E poi andavano ai collegi nella città vicina, per l'umanità, la rettorica, la filosofia, donde infine agli studi universitari. Gli altri di mezza condizione, duravano tre o quattro anni nella prima scuola; pochissimi per vaghe speranze seguivano i compagni nella grammatichetta, e lì, o si arrestavano delusi, però sempre in tempo d'andare a qualche mestiere, o aiutati tiravano allora avanti se avevano ingegno, e alla fine si volgevano al seminario per farsi preti. Se mancava loro l'aiuto e rimanevano nel secolo, divenivano un po' di tutto e soprattutto parassiti; buoni però a cantare in coro e nelle processioni senza sconciare il latino. Ma alcuni volenterosi e più arditi, ritornate le vecchie usanze con certi privilegi feudali di parecchi marchesi della regione, andavano a impratichirsi di leggi o di medicina da avvocati e medici di reputazione, poi da quei marchesi venivano titolati medici, chirurghi o almeno flebotomi e procuratori e notai, con diritto d'andar a lavorare tra le genti di quelle parti, ma per farsi far guerra dai laureati veri.

La regione era povera per natura. Deserta langarum, avevano sempre detto gli antichi, e pare che così fosse stata chiamata fin dai tempi romani. Ma il feudalismo che l'aveva incastellata e sbocconcellata, l'aveva pure disselvatichita; e di esso, da quando il re di Sardegna lo aveva assorbito, v'era rimasto con i mali il po' di bene della mezzadria, per cui di vera miseria non vi moriva nessuno. Vi veniva abbondante il benedetto granoturco, che i langaioli goderono sempre di credere fosse stato portato piccolo, gelosamente, e affidato perché lo propagasse a un parroco di Val di Belbo, da due cavalieri reduci dalle Crociate. Vi prosperavano pure i vigneti. E v'era qualche industria che aiutava a vivere chi non lavorava la terra. Nelle parti delle valli più in su, dovunque scorre un po' delle acque che cascano al Tanaro, al Belbo, alle Bormide, erano state erette da antico delle ferriere, e queste davano da lavorare ai mulattieri che andavano a caricar la vena dell'Elba nei piccoli porti della riviera d'occidente, e ne davano ai boscaiuoli e ai carbonari. A mezze le valli prosperavano i filatori di seta che raccoglievano i bozzoli da tutti coloro cui non conveniva fare come certe famiglie più al largo, le quali facevano la trattura in casa nelle proprie bacinelle, e vendevano poi la seta a comodo loro, segno di patriarcale rispettata agiatezza.

Miseria vera dunque no, ma ogni borgo aveva un suo proprio numero di mendicanti, cui la popolazione riconosceva un certo diritto a essere mantenuti per carità. Nell'ora dei pasti quei poveri passavano regolarmente, quasi per turno, agli usci, dove i ragazzi erano mandati a empier loro la scodella. In molti borghi poi, diversa dall'elemosina fatta così, ce n'era un'altra che si riceveva due o tre volte all'anno, in certe feste, come il Corpus Domini e la Pentecoste. Era quasi un titolo di dignità. La ricevevano le famiglie non povere, ma neppure agiate, alle quali venivano distribuiti pani di un dato peso o d'una data forma, o misure di frumento, da Opere pie, su lasciti antichi. Il riceverla era un diritto geloso, l'accettarla un atto di umiltà che piaceva ai ricchi e agli agiati, perché segnava la loro superiorità sulla gente sotto la mezzana, con cui per forza, nel piccolo andare della vita quotidiana, dovevano stare a contatto.

E i ricchi si divertivano. Né per essere detti ricchi occorreva avere dei milioni. Di milionari anzi ce n'erano pochi, e per lo più nobili eredi di castelli. Gli altri, chi aveva le centomila lire in beni poteva già guardare molto dall'alto; e d'una giovinetta da marito che recasse una dote d'alcune mezze dozzine di migliaia, si diceva che chi la sposasse andrebbe quasi a mettere il cappello al chiodo. I ricchi dunque si divertivano consumando i redditi delle loro possessioni divisi a mezzo coi lavoratori che essi chiamavano loro contadini, con tono di dominio benevolo; e questi parlando di loro godevano di chiamarli padroni. Ma li avrebbero stimati meno degni di tal titolo, se se li fossero visti fra piedi a immischiarsi delle coltivazioni. I pochissimi che pensavano a migliorarle davano quasi scandalo. Che strana cosa udire un signore parlare d'aratri, di concimi, di sementi! Non c'erano loro contadini che se ne intendevano? I ricchi badassero divertirsi! E i ricchi si divertivano. Da una borgata all'altra s'invitavano in brigate allegre tutto l'anno a festini, a caccie, a sfide nel pallone. I carnevali erano gare a chi durasse più notti in veglie, in cene, in bagordi; poi la quaresima veniva a rimettere in onestà ogni cosa. Passavano i missionari a purificare l'aria, e le anime ritornavano monde ad aspettare gioie nuove.

E così tutto andava avanti in pace. Il male c'era, si sa, ma ognuno sapeva appena i fatti brutti e delittuosi che avvenivano, per dir così, a portata di voce, non come ora noi che, stando in qualsiasi cantuccio, si viene a sapere quelli di tutto il mondo; e perciò parevano pochi. Ma pace non v'era tra le famiglie elevate della cittadinanza: queste vivevano divise da invidie e da odii profondi per prevalere e dominare; si designavano tra loro con nomignoli di scherno, contendevano apertamente per cose da nulla: il banco in chiesa un po' più in sù verso l'abside era oggetto di vive gare; il non lasciar entrare l'avversario nel Consiglio del Comune, l'impedirgli le vie di divenir sindaco, erano cure astiose; vigilanti a vicenda, tirare ciascuno a far cascare l'altro in disgrazia del Governo era uno studio oscuro, ma voluttuoso. Correvano le lettere anonime, comparivano scritterelli vituperosi che, tanto per dar loro un nome, la gente chiamava satire o sonetti. Ma guai agli autori se venivano scoperti: se ne immischiava subito l'autorità, e, se le satire toccavano un po' in sù, perfino i governatori delle provincie, terribili uomini che di solito facevano piangere. Ma qualche volta quei governatori erano anche lodati per certi loro modi duri e spicci di far giustizia vera e d'imporre silenzio; però si trattava di casi in cui era difficile errare. In ogni modo, avevano sempre giudicato bene quale che fosse stato il loro giudizio, perché il Re che era padrone di tutti si faceva con essi dei grandi riguardi: erano cari alle grandi potenze, alla Santa Alleanza, che forse glie li aveva messi intorno a sorvegliare anche lui.

Ma dopo il 1830 quei governatori divennero inquieti. Non era stato un buono acquisto pel re di Sardegna il territorio della repubblica di Genova. Bella giunta, sì, e ricca al suo regno, mai quei liguri erano imbevuti delle loro vecchie idee di libertà e riottosi. I popolani, anche i villici, guardavano di malocchio i piemontesi e li pungevano con ironia nel loro difficile dialetto. I più derisi erano i langaioli, specialmente quelli delle terre che per contiguità l'amministrazione aveva messe a far parte delle provincie marittime di nuovo acquisto. Essi non potevano discendere dai loro monti tra quei genovesi senza sentirsi canzonare. Gaggia! gridavano loro i volghi, facendo l'atto di fiutare in aria l'odore del bel fiore giallo; e intendevano di dire polenta, come se i piemontesi non si nutrissero d'altro. Ma questo era il minor male: il grosso veniva dalla nobiltà genovese che era entrata in Corte, nell'esercito, nelle magistrature. Dispotica a casa sua, aveva portato nelle cariche e negli uffici uno spirito d'indipendenza, quasi di renitenza pericolosa. Eppure anche questa divenne prestissimo una questione secondaria, perché da Genova era venuto fuori un giovane senza legge né fede, con certe sue idee sull'Italia da far piantar le forche in tutte le piazze, se fosse stato ascoltato. Giovane Italia! Che cosa voleva dire colui con queste parole? E predicava la repubblica. Perché quando lo avevano chiuso nella fortezza di Savona non ve lo avevano addirittura murato? Lo avevano lasciato andare in esilio, che per lui aveva voluto dire libertà di andar a fare il male da lontano peggio che da vicino. Intanto egli aveva osato scrivere a Carlo Alberto Re nuovo una lettera piena di consigli, d'intimazioni, di minaccie; in pochissimo tempo aveva fatto proseliti dappertutto, fin nell'esercito, che si chiamavano dal suo nome mazziniani; poi questi avevano aspettato la sua venuta in Piemonte alla testa di tutti i fuorusciti, per palesarsi e insorgere in armi. E difatti egli aveva tentato il colpo della Savoia, onde era bisognato disperdere lui e gli invasori e dentro il regno mettere mano ai rigori, empire le prigioni, fucilare borghesi e soldati, non più in effigie soltanto come nel Ventuno.

Dal loro punto di veduta, quei governatori avevano ragione. Convinti di essere i difensori della giustizia sociale quale doveva essere per diritto divino, erano sensibilissimi a intuir tutto ciò che si manifestava fuori dell'ordine concepito dalla loro mente: e tutto intorno ad essi veramente si risvegliava. La rivoluzione francese del 1789 vista da loro sorgere, e, come avevano creduto, finire in

Napoleone, non era stata una meteora; voleva ricominciare, anzi era ricominciata in Francia e minacciava di propagarsi al Piemonte, dove fors'anche in Carlo Alberto si poteva risvegliare il cospiratore. Per fortuna erano stati bravi i ministri a fargli assaggiare il sangue delle sentenze di morte dei mazziniani, perché così egli era tornato odioso ai liberali che ricordavano il Ventuno; ma insomma anche per i ministri e per l'aristocrazia era misterioso: pareva che persin da lui qualche cosa si diffondesse nell'aria che, nonostante tutto, incoraggiava a non aver più tante paure, a camminare finalmente con la testa un po' meno bassa.

E infatti verso il Quaranta v'erano già degli uomini che non negavano più se altri diceva loro che avevano avuto degli affettuosi riguardi pei costipati del Ventuno, d'averli ospitati e trattati bene quando erano passati per la valle della Bormida fuggitivi. E questo, come se l'aria si fosse rischiarata via via sempre più, e si potesse mostrarsi senza tema di dare in qualche malpasso, vi furono pur degli altri che cominciavano a vantarsi di aver nel Ventuno tentato di strappare agli sbirri un famoso costipato, Amedeo Ravina, d'un certo villaggio di quelle Langhe chiamato Gottasecca. Narravano che colui si era rifugiato nel porto di Savona su d'una nave spagnuola e che il comandante della città, il Rufini, fanatico del proprio potere, aveva mandato le sue guardie a catturarlo, senza riguardo alla bandiera di Spagna. Dicevano che, saputosi che il Ravina doveva passare dalle loro parti, per essere condotto al processo di Torino, essi si erano appostati in una delle giravolte della strada che sale a Montezemolo, e che quando il prigioniero era comparso tra le guardie si erano lanciati per liberarlo. Ma egli tranquillo aveva gridato loro di star buoni, di non far del male a quei poveri diavoli, di andarsene e tenersi segreti, perché l'ambasciatore di Spagna lo avrebbe fatto liberar lui. E questo era poi proprio avvenuto, e quei generosi che per anni avevano tremato d'essere scoperti, venuti tempi d'arie nuove, lasciavano dire o dicevano essi stessi d'essere stati a quel procinto. Di quel Ravina e d'altri molti langaioli profughi si parlava con rispetto e con desiderio, nessuno osava più dirne male apertamente, nemmeno coloro che avevano fatto festa agli austriaci del Ventuno.

Ma altre cose si udivano poi verso il Quaranta. Sebbene il fisco fosse discreto e tasse se ne pagassero poche e leggere, si diceva che Carlo

Alberto raccoglieva tesori e che a Torino avevano dovuto puntellare persin le volte di certe stanze dei palazzi reali, perché pericolavano dal tanto denaro che vi si era ammassato. Allora novità lieta fu l'udire che era stata creata una compagnia di soldati vestiti così e così, col cappello piumato, armati di carabine perfette, capaci essi di arrampicarsi fino ai tetti delle case e i loro superiori quasi di volarvi. E ognuno si gloriava che di quei soldati, scelti in tutto l'esercito, molti fossero delle Langhe, chi del tal paese, chi del tal altro, e con orgoglio si nominavano. Presto si narrò che quei soldati avevano avuto l'abilità di fare la loro mostra in piazza San Carlo, a piè del cavallo di bronzo, mentre passava Carlo Alberto che partiva in carrozza per Genova, e poi di correre, di volare, per vie traverse a Moncalieri, per mostrarsi al Re un'altra volta. Era vero, e v'erano riusciti così bene, che il Re, sorpreso, aveva detto d'aver permesso che di quei soldati se ne fosse formata una compagnia, e che non sapeva chi si fosse fatto lecito di formarne due. I volghi chiamavano abbracciaglieri quei soldati, storpiatura innocente che faceva sorridere le ragazze. E tra le tante altre cose che si dicevano dell'esercito, correva che Carlo Alberto curasse molto che si preparassero dei buoni cannonieri, onde i migliori costritti ambivano d'essere destinati a quel corpo. Passavano di quando in quando torme di puledri che drappelli di cavalleria erano andati a prendere lontano, lontanissimo, fino a Sarzana, sui confini della Toscana. La Toscana! Era un paese, per là, chi sa quanto ricco, in Italia.

Che cosa dunque c'era mai nell'aria in quegli anni, che cosa stava per avvenire! Quando corse notizia di forti ripicchi con l'Austria di certe questioni di dogana ai confini di Lombardia, parve di capire che qualche storia stava per cominciare. Presto cominciò davvero.

Chi sentì l'aura nuova nel Quarantotto, già in età di poterne godere la ineffabile poesia, e vide poi in poco più di vent'anni formarsi la nazione, e campa ancora a udir la menzogna di chi, per parere d'aver perduto molto, rimpiange i tempi di tutte le miserie; dice che gli mette conto di essere vecchio perché ha visto la vita stagnante e oscura d'una volta, e sente la presente libera, fervida e tanto meno meschina anche per gli intimi degli uomini. Ma tuttavia gli pare che siamo tutti un po' ingrati, perché ci degniamo appena di insegnare a riflettere sugli uomini e sui fatti pei quali fu potuto vedere, per dirne una, Galateri in Alessandria far morire Andrea Vochieri, colpevole d'essere mazziniano, e in meno di trent'anni al posto di lui, comandante militare nella stessa città, Nino Bixio, rivoluzionario che quel terribile avrebbe fatto fucilare tre volte e tre fatto risorgere se avesse potuto, per farlo fucilare ancora, certissimo di far cosa giusta. È fatto ancora più notevole per chi ricorda e medita, l'aver inteso parlare di certi conti Galateri, prodi ufficiali che diedero le loro spade all'Italia dal 1848 al 1870. Le idee vinsero! E però si ama anche senza conoscerlo uno di quel nome, che anni sono pregò d'esser lasciato lavorare egli stesso al marmo che Gottasecca, lassù sulle Langhe, volle murare al suo Amedeo Ravina, poeta, avvocato, profugo, impiccato in effigie nel Ventuno.

Ragazzi del quarantotto, nei giorni che Carlo Alberto era cantato da tutti i cuori, udivano narrar dai vecchi che una notte del marzo 1821 tutto il paese era stato svegliato dal tamburo del messo comunale, il quale nel buio andava attorno per le vie, gridando tra rullo e rullo: Urdin du scindic, a v' farz savèi che da duman er prinzi d' Carignan l'è nost Suvran. Dicevano che a quei rulli, a quel grido, le genti si affacciavano alle finestre interrogandosi a vicenda. Che cosa avete detto? chiedeva qualcuno al messo, personaggio temuto; ma questi tirava via, rullando a pause e gridando sempre quelle parole. E le finestre si chiudevano e si udiva aprire qualche uscio da via; venivano fuori i più curiosi che si mettevano a girare cercandosi per sapere, e andavano dai fornai che lavoravano al caldo. Verso l'alba era già sparso per tutte le case che il sindaco da parecchi giorni aveva ricevuto una lettera del Governo da dissuggellarsi soltanto alla mezzanotte tale, appunto quella, con l'ordine di eseguire ciò che in essa lettera era prescritto. Il sindaco quella notte aveva vegliato sino al punto delle dodici, poi aperta la lettera aveva fatto il suo dovere; e così il suo Comune, come certamente tutti i Comuni del regno nella stessa ora, aveva udito proclamare il Principe di Carignano: proclamarlo addirittura Sovrano invece che reggente. Forse il messo comunale, cui il Sindaco aveva di certo messo in bocca le parole, n'avrà omesso qualcuna che gli sarà parsa difficile a dirsi, ma il fatto sta che quei vecchi narravano così appunto e sempre a tutti senza mutar nulla.

Narravano pure che il giorno appresso era stata nel borgo una grande agitazione e che le famiglie un po' in sù avevano fatto subito due partiti ciascuno seguìto da una porzione di popolo, un po' di qua un po' di là. Allora - stando ai racconti - tutti quelli che da sei o sette anni si erano chiusi in sé per paura di pagar tutte in una volta le loro infedeltà al Re e le loro amicizie dal tempo dei francesi, alzarono un po' la cresta; gli altri che si erano rimessi con gioia all'antico andare e davano ad essi del giacobino, quasi minacciando tacquero e stettero a guardare. Non sapevano che cosa potesse avvenire: forse ricominciava qualche diavoleria alla francese come ai tempi della loro giovinezza.

Appresso, un po' oggi un po' domani, la gente venne a sapere che a Torino avevano fatta la rivoluzione, che il Re era stato svegliato un mattino per sentirsi dare la notizia inattesa; che l'aveva ricevuta più con dolore che con collera; e che, sebbene vecchio, si era mostrato pronto a montar a cavallo, per andare egli stesso a mettere nell'ubbidienza la città e l'esercito. Ma, come si diceva, i suoi consiglieri gli avevano giurato che non sarebbe stato possibile, senza spargere sangue di soldati e di cittadini, e che perciò egli s'era risolto a levarsi la corona, perché se la venisse a prendere il suo fratello men vecchio, che allora stava a Modena presso il Duca suo cognato. Modena? Doveva essere la capitale di qualche altro Stato, aveva detto la gente. Allora parlarono quelli che erano stati soldati di Napoleone, e spiegavano, e si volgevano a trinciar l'aria dalla parte dove stava quella città lontana. Essi sapevano di tante altre città d'Italia, di Francia, di Spagna, d'Alemagna e fin di Russia; ne sapevano più del sindaco, dell'arciprete, di tutti; e dicevano pure che il Principe di Carignano non era né figlio né nipote del Re, ma un cugino e cugino dalla larga anche, discendente di un Principe di Savoia trapiantatosi in Francia da moltissimi anni. La genterella ascoltava, e poiché dalle cose nuove qualche po' di bene, almeno nei primi momenti, le era sempre venuto, si rallegrava intanto che il Governo in nome del Principe aveva calato il prezzo del sale.

Poi si erano udite cose più gravi. Non ci sarebbe stato più da tremar tanto; non più dispotismo, ma libertà. Costituzione. Voleva dire che nessun sindaco d'accordo col parroco e col brigadiere avrebbe più potuto perseguitare, far mettere in prigione, mandar in Sardegna nessuno. Ma gli amici del dispotismo, quelli che non avevano smesso il codino, il cappello a luna, le brache corte neppur nel tempo dei francesi cominciarono subito a malignare sulla parola e sciupavano Costituzione in costipazione.

E presto fu un gran movimento di soldati. Venivano richiamati alle bandiere i provinciali, questi partivano o allegri o mormorando secondo gli umori: ma tutti sentivano che voleva venire la guerra e che si sarebbero visti di nuovo gli alemanni. Era questo il nome usato a designare la gente che veniva dai paesi dell'Impero; e molti, pronunciandolo, ricordavano un detto di quando gli austriaci erano stati nelle Langhe per due anni, avanti la battaglia di Montenotte. Meglio i francesi nemici che gli alemanni amici, era rimasto in quel detto: gli alemanni adunque dovevano aver fatto tribolare la gente. Ma c'era pure chi gli invocava di cuore; famiglie che quando le terre delle Langhe erano state dell'Impero, vi avevano dominato, quasi come se qualcuno le avesse messe al posto dei conti e dei marchesi sui ruderi dei castelli, e quelle famiglie, anche dopo che la Casa di Savoia aveva comprate dall'Austria quelle terre feudali, non avevano perduta la loro superbia, e del Ventuno disprezzavano in segreto, o cautamente in palese il Governo nuovo. Sdegnavano persino di menzionare i ministri della Costituzione.

Eppure correva come parola di buon augurio il nome di Santarosa, e quello di molti nobili del Regno. Di lui si diceva che era figlio d'un colonnello, morto nel 1796 alla battaglia di Mondovì contro i francesi, e qua o là in quelle terre v'era chi aveva conosciuto quel valoroso per aver servito sotto di lui nella difesa delle Alpi marittime, avanti che fosse venuto per Montenotte nel paese il general Buonaparte. Con quegli uomini alla testa le cose dovevano riuscir bene.

Invece si rallegraron ben presto coloro che s'erano rattristati o avevano disprezzato o taciuto per aspettare e vedere. Da Alessandria salirono per val di Bormida notizie di più lontano, dell'altra parte del regno verso la Lombardia. Il Principe di Carignano scomparso da Torino era andato di là dai campi dove stavano i reggimenti che s'erano dichiarati per la Costituzione, e aveva riparato tra quelli che erano rimasti fedeli al Re assoluto in Novara, sostenuti dagli austriaci corsi da Milano a dar addosso ai costituzionali. Si parlava dei generali La Tour e Bubna confusamente, poi fu detto il nome del fiume Agogna sulle cui rive era avvenuto un combattimento nel quale i costituzionali avevano consumato le loro speranze. E per questo un grande scoramento di tutti alle loro spalle, anche di quei soldati che, non essendo giunti in tempo pel fatto d'armi, tornavano indietro pensando a mettersi in salvo per non essere forse fucilati.

Se quei vecchi che narravano quelle cose ai ragazzi di dopo il quarantotto, avessero pensato a scriverle mentre le avevano viste avvenire, leggeremmo adesso delle pagine di cronaca rozze certo, ma preziosissime per i particolari minuti, che ci darebbero il colore e lo spirito dei fatti meglio che non la storia stessa. Leggeremmo che parecchio dopo l'infelice prova d'armi sull'Agogna una notte passò per valle di Bormida, a Spigno, a Dego, una carrozza che si fermò a Cairo, nella piccola piazza del paese deserta per l'ora tarda. Là il cocchiere discese e andò a battere ad un uscio da dietro il quale venivano tonfi sordi, certamente di pasta rimescolata da qualche fornaio. L'uscio fu scostato un poco quasi timidamente, e tra l'uomo da dentro e il cocchiere furono fatte poche parole. Là, disse il fornaio, mostrando la casa di rimpetto, sta in quel palazzo là. Il cocchiere tornò alla carrozza e parlò con chi vi stava dentro. Allora una testa si porse dal finestrello e una voce chiamò alto: cavalier Stellani! Quasi subito si illuminò la vetriata d'un balcone di quel palazzo, che poco appresso fu aperta. Chi chiama? chiese una voce. Io, Santorre, fu risposto. Oh tu? smonta vieni su! - No, discendi un momento. - Aspetta. - E in pochi istanti il cavaliere fu lì dal viaggiatore. Ciò che si dissero non fu udito dal fornaio che pur era uscito a curiosare, e il colloquio fu corto. Addio, addio, certo non ci vedremo più. Parole amare. Poi la carrozza partì, e il cavaliere rimase a guardarla finché si perse il rumor delle ruote sull'acciottolato. Allora se ne tornò in casa lento e crucciato.

Era quel cavaliere Stellani uno che aveva militato da ufficiale nella Giovane Guardia di Napoleone, e nel ventuno apparteneva all'esercito del Re. Aveva in una guancia una cicatrice. Questa per lui e per gli amici paesani suoi, era di una sciabolata ricevuta in battaglia; per i nemici pur paesani, segno rimasto d'un colpo dato su d'uno spigolo di pietra, per caduta da cavallo, passando un ponte, dicevano fin di dove, di Trento. Così pure malignavano sul suo colloquio di quella notte con Santorre Santarosa. Per quei nemici era stato di raffacci a lui fatti perché non era corso a Torino e in Alessandria a mettersi nella rivoluzione; ma per gli amici fu una calda preghiera di Santorre, ond'egli si adoperasse per chi veniva dietro stentando, e sarebbe passato nella valle e nel borgo.

E il giorno appresso a quello di poi fu visto da lontano un polverone segnar la marcia di molta gente che veniva rimontando la valle. Era di domenica. I contadini uscivano dalle anguste convalli, scendevano dai colli, sbucavano di tra le salciaie della Bormida, e guardavano quella gente che andava come se ci fosse qualcuno alla testa che la guidasse. Non erano soldati, benché tra loro si vedessero degli uomini in divisa militare, ma senz'armi; vestivano quasi tutti da signori e signorili erano d'aspetto.

Bisogna dire che il cavaliere Stellani avesse data la voce agli amici suoi, perché quando quella gente fu al lungo ponte che mette nel borgo, v'eran ad accoglierla molti che la condussero in un giardino dove era stato apparecchiato da rifocillarla. Ma non grida, non atti: silenzio e rispetto. La folla da fuori stava anch'essa muta. Finito quel ristoro, quei profughi, che erano forse un cinquecento, quasi tutti studenti dell'Università di Torino, furono anche provveduti di biancheria, di calzatura, di denaro chi non ne avesse, e si rimisero in marcia, accompagnati dai men paurosi, perché paura avevano un po' tutti. Già si era tornato a parlare di Carlo Felice che da Modena aveva gridato la sua collera; e c'erano i compaesani che notavano, e già ridevano alle spalle dei costipati. Anche il volgo si dilettava di questa stolta ingiuria di nome.

I profughi non dovevano essere lontani quattro miglia, qualcuno più stanco era ancora forse nel territorio vicino, in quei tempi come se fosse tuttavia l'età dei castelli, per via di confini ben segnati gelosamente diviso dai territori degli altri Comuni. Nelle case del borgo si parlava di loro o in bene o in male; secondo i partiti, si sperava o si temeva che nel primo paese ove sarebbero passati la gente li avrebbe trattati alla peggio, per solo gusto maligno di contrasto. Intanto era venuta l'ora dei vespri; le vie erano quasi deserte, la chiesa era stipata di gente. I pochi che stavano fuori del borgo a spasso, videro improvvisamente comparire un soldato a cavallo, passar il ponte come un razzo, infilar la via principale, trascorrerla fino all'altro capo facendo sprizzar fuoco dalle selci, riuscire, ripigliar il ponte e sparire. E allora giunsero ansanti da quella parte alcuni contadini a dare una gran notizia che fu portata subito fino in chiesa. Erano lì gli alemanni? Il parroco che stava sul pulpito a predicare discese subito: il sindaco, i consiglieri che sedevano nel loro banco si levarono, corsero a lui, e in presenza di tutto il popolo in piedi e ondeggiante, si misero a parlare ad alta voce, come se fossero in piazza. Gli alemanni erano lì! Che fare? Andare ad incontrarli? Chi sa che cosa poteva avvenire!

Il sindaco voleva andar lui. Il parroco no, non voleva lasciarlo andare; era troppo focoso, non avrebbe saputo parlare. Meglio il tale, meglio voi, meglio io; insomma andiamo tutti noi, disse alla fine il parroco, ma il popolo stia in chiesa a pregare. Quando saremo

davanti al comandante alemanno, parlerò io; il sindaco promette di
star zitto. Vedremo, mormorò il sindaco.

E andarono tutti, disputando, gesticolando, fin litigando; ma come
furono a uno svolto della via e videro i soldati, si raggrupparono e
andarono oltre in silenzio. Solo il sindaco era un po' baldanzoso.

Vicino al borgo un mezzo miglio, in un gran prato che verzicando
già rallegrava l'occhio ai cavalli più ancora che lo spirito agli
uomini, stava uno squadrone d'usseri ungheresi appiedati. Gli
ufficiali raccolti intorno a un maggiore, guardavano dove egli
additava su certi monti che chiudevano una convalle certo ciuffo di
case e una gran torre quadrata, alta, come se fosse stata fabbricata
per un gran dominio. Quando il parroco e i quindici o venti che
erano con lui, furono condotti da un sergente a quel comandante, il
sindaco fece atto di volersi lanciare a parlar il primo. Ma il parroco,
a capo scoperto, coprendosi quasi la faccia e il petto col gran
cappello, cominciò a dir in latino parole d'ossequio al maggiore e a'
suoi ufficiali, dando loro di benvenuti a nome dei suoi parrocchiani.
Il discorso s'avviava bene, il comandante faceva buon viso; non
pareva nemico; ma il sindaco bolliva, voleva dire, scoppiò: e invece
di chi sa che cos'altro ruminato per via gli uscì gridato: Nos non
timemus vos! Tutti tremarono, il parroco sospirò, ma niun male.

Ai vecchi che raccontavano la scena ancora nel quarantotto, pareva
d'udir presente lo schianto di risa degli ungheresi, e dicevano che
bisognava aver visto come il parroco aveva fissato gli occhi negli
occhi del maggiore, per formarsi un'idea di quanto era rimasto
mortificato. Ma ricordavano con piacere che alle offerte d'ogni
servizio per lui e per i suoi fattegli dal parroco, quell'ufficiale aveva
risposto che conosceva già la bontà degli abitanti, e che s'era messo
a dire i nomi di certi monti là intorno, e di quella gran torre e di quel
ciuffo di case, che aveva guardato tanto: Carretto, Carretto. Qual
meraviglia! Ma egli aveva levato a tutti la curiosità dichiarando che
da giovanissimo era stato da quelle parti coi russi a inseguir i
francesi rotti nella battaglia di Novi del Novantanove.

Inseguire! Allora pure, del Ventuno, quell'ungherese inseguiva. Ma
pareva che facesse di malavoglia, perché domandò quasi
sbadatamente se i fuggitivi avevano continuato a marciare, o erano
ancora nel borgo. Agiva così per sentimento suo proprio, o aveva

ricevuto ordine di tener dietro lentamente a chi se ne andava? Se mai, da chi quell'ordine poteva essergli stato dato? Quei vecchi, negli ardori del quarantotto per Carlo Alberto, volevano fin credere e far credere che ciò fosse stato per preghiere di lui, Principe di Carignano, punito ma esaudito dal comandante supremo austriaco Bubna entrato in Piemonte. Forse ponevano così senza saperlo alla storia un quesito che non sarà stato posto da altri mai, e che forse non sarebbe possibile chiarire se si ponesse. Ma quando si pensa che tutti i rivoluzionari del Ventuno poterono andare in salvo, come se qualcuno avesse proprio prescritto di darne loro il tempo, piacerebbe poter credere e provare che anche quel maggiore ungherese avesse eseguito un ordine ricevuto.

Non ricordo bene ciò che nel Quarantotto su quello squadrone si narrava d'altro, se quegli ungheresi siano poi stati nel borgo a riposare o se abbiano proseguito quella domenica a marciare: rammento però d'aver udito dire che andarono fino al colle di Cadibona, da dove si scopre il mare, ma non se, per tornarsene in Lombardia, fossero ripassati nella valle stessa percorsa a venire.

Cosa assai più cara a ricordarsi l'aver conosciuto vivo fino al 1866 uno che nell'anno della rivoluzione piemontese, allora già così lontana, aveva fatto qualche cosa per cui, vecchissimo, era ancora stimato l'uomo più valoroso della valle. Aveva fatto le guerre di Spagna sotto il maresciallo Suchet, n'era tornato con una bella cicatrice di sciabolata in fronte e con una nel petto passato fuor fuori da una lanciata spagnuola. Narrava d'essere guarito sulla nuda terra, in un solco dell'accampamento. Caduto Napoleone, egli, restituito al Re di Sardegna era entrato sergente nel reggimento di fanteria Alessandria, e, scoppiata la rivoluzione del Ventuno, promosso ufficiale, gli avevano dato a portare la bandiera del reggimento. Ed egli l'aveva custodita dopo la rotta dell'Agogna marciando co' suoi, poi appresso da solo fino in Acqui e su fino al borgo di Ponzone sui colli. Voleva tenerla per consegnarla al suo colonnello. Dove mai era andato a cercarlo, dove aveva creduto di trovarlo? Andarono invece i carabinieri a cercar lui lassù. Ma egli si chiuse nel campanile della chiesa parrocchiale, e da quell'altezza udì intimazioni e minaccie senza volersi arrendere. Alla fine, per fame, offerse di consegnar la bandiera al vescovo d'Acqui. Era passata nella mente semplice di quel fiero uomo qualche ricordanza di fanciullezza a intenerirgli il cuore? Fu fatto così come egli volle; e la bandiera del reggimento Alessandria, già condannato alla dissoluzione e a perdere per obbrobrio il nome, passò da quelle di lui nelle mani del vescovo. Di casato quel forte era Cirio, ma perché parlava sempre del suo colonnello nelle guerre di Spagna, Olini, tutti lo chiamavano Lino, anche quando passato il Consiglio di Guerra e assolto, ma licenziato dall'esercito, s'era adattato a divenir guardaboschi del suo Comune, e a vivere come visse per ventisette anni con tre quarti di lira al giorno in un tugurio, nella foresta. E guai a chi avesse osato, lui presente, dir male del Principe di Carignano! Dolce è poi ricordare la festa che gli fu fatta da tutto il borgo nel quarantotto, quando gli fu ridato il suo grado ed ebbe la pensione da veterano della Casa Real d'Asti. Egli chiese invece d'esser mandato alla guerra. Non fu accettato. Troppo vecchio era; ma quanti che furono prodi in quell'anno a Goito e poi in Crimea e poi anche a San Martino, avranno dovuto all'esempio di quel vecchio l'ispirazione?

Valle destinata a piccole cose di pace e a grandi mestizie quella della Bormida! Del Ventuno vi passarono Santarosa, i suoi seguaci profughi, gli ungheresi che li lasciarono andare al destino cui s'erano votati: del Quarantanove vi passò Carlo Alberto, anch'egli incamminato all'esilio. Non propriamente in una cronaca, ma in un libro fatto di ricordi d'un ragazzo che maturo li idealizzò, se ne legge così:

23 marzo 1849

«Quel po' di neve è venuta come per celia e sparì. Se ne vede appena qualche chiazza sulle vette, dove già il verde si move. Ma la gente ha detto: "Poveri nostri soldati, con questi tempi alla guerra!". Dunque c'è di nuovo la guerra? Delle donne che stanno filando accidiose al sole, dicevano che quest'anno le rondini tardano a tornare e che è segno di sventura.

Sventura siete voi! - gridò il capitano Lino, - voi, sciocche e marcie di superstizione!».

26 marzo 1849

«Stamattina, mio padre mi condusse con sé a spasso, come suol fare quand'è di cattivo umore. Io dicevo tra me: Che cosa avrà? Volgevamo verso il ponte, senza parlare. Dinanzi a noi una trentina di passi andava il capitano Lino, e verso di lui e noi veniva di trotto una carrozza. Quando passò vicino al capitano, questi tremò tutto, si piantò con le mani al berretto e gridò: Carlo Alberto! Mio padre corse per reggerlo; credevamo che cadesse svenuto. Intanto vidi in fondo a quella carrozza un mantello grigio, due grandi mustacchi bianchi, due occhi che mi guardarono di sotto all'ala di un berretto listato d'argento passar via, sparire. Un gran dolore mi pigliò; mi parve che la via, il ponte e tutto intorno, lontano, provasse un gran patimento, dietro quella carrozza che menava via il Re.

È proprio Carlo Alberto! - disse mio padre al capitano Lino.

Carlo Alberto! - rispose il vecchio come un'eco. - Certo è avvenuta qualche grande sventura.

Questa sera mio padre non ha cenato, e non ha cenato mia madre. Noi ragazzi abbiamo mangiucchiato. Quando la servente è venuta coi lumi, dando la buona sera, il babbo le ha detto: Portateli via. Così siamo rimasti al buio, sicché ognuno se n'è poi andato a letto, senza dar la buona notte agli altri, tutti malinconici come la sera dei morti».

Due ciuffi di case sulle due rive della Bormida, un ponte che li congiunge, colli che si profilano chiari sullo sfondo cupo dei monti, ai quali fa da nodo il Settepani, pioppetti lungo il fiume, castagneti a piagge nei colli, macchie d'abeti in quei monti lassù, e lì, fuori un passo dalla borgata, il convento Calasanziano, che le genti delle terre intorno chiamano senz'altro: Collegio di Carcare, dal nome della stessa borgata; dolce visione il tutto insieme, per chi vi fu e vi amò qualcuno o qualcosa.

Verso il 1846, in quel Collegio, c'era un gruppo di Padri di mezza età, alcuni dei quali, se fossero rimasti da giovani nel così detto secolo, si sarebbero incontrati con Mazzini o in qualche suo seguace che li avrebbe fatti della Giovane Italia: un'altra parte, i più, erano proprio nati per il convento, ed erano stati in quello e vi stavano tranquilli, insegnando chi il mezzano e anche l'alto sapere, chi perpetuamente a leggere e a scrivere, tutti senza cure d'altro, sereni, benveduti dalla gente del borgo, dove spiravano un'aria amorevole di: lascia andare, che produceva pace. Tra questi aveva grande autorità un genovese di nobilissimo aspetto. Pareva uno dei vecchi marchesi della Superba, e leggeva signorilmente filosofia in un'aula, nella cui vòlta era dipinta la sua scienza in forma di donna con intorno il motto: Povera e nuda vai. Egli seguiva un suo autore ancora sconosciuto agli altri Padri, anzi quasi quasi lo recitava, e però delle sue lezioni udiva parlare nel Collegio come di quelle d'un gran novatore. Ma lasciava dire. E quando alla fine fu saputo che non aveva mai fatto che ripetere il Galluppi, disse sul serio che era ben lieto d'aver fatto conoscere in Piemonte un napolitano. Salvo la signorilità ed il gran decoro, viveva per la disciplina un po' da Folengo e un po' da Rabelais, perché proprio, d'autorità e di santa obbedienza ne riconosceva solo tanto quanto non facesse pericolare la sua salute.

Non lui dunque dava il tono al Collegio. Di questo era anima un Padre Canata da Lerici; poeta focoso in tutto, fin nel far penitenza; uomo da dipinger con la spada in pugno come San Paolo. Quello poi sì! non solo sarebbe divenuto della Giovane Italia, ma se fosse rimasto nel mondo, fra il 1830 e il 1848, avrebbe trovata la via di andar a morire in qualcuna delle sfide di pochi al potere onnipotente, qua o là dove che gli fosse capitato di vedere un po' di tricolore. Nel 1846, all'avvento di Pio IX, salì sulle più alte cime dell'ideale a cantar l'inno alla vita, alla patria, alla fede; romantico nudrito di classicismo, svegliò gli alunni suoi ad amare la gran cosa vietata: l'Italia. Allora nella sua scuola suonarono temi che facevano andar in visibilio i giovanetti, solo a sentirli enunciare. Onde gli spiriti si inebriavano di idealità nuove, beati di cantare chi i Treni della nuova Gerusalemme, intendendo dell'Italia, perché avevano letto Geremia; chi l'Arpa trobadorica, per aver udito parlare dei Provenzali; chi Legnano, chi i Capitani di ventura, chi Ferruccio. Egli poi leggeva nella scuola pagine della Battaglia di Benevento e dell'Assedio di Firenze, lettere dell'Ortis, passi del Colletta; né il Rettore del Collegio glielo vietava. Anzi, questi, come gli altri Rettori degli Scolopi di Genova, di Savona, d'Ovada, di Finale, metteva a nuovo qualcosa anch'egli nella giovinezza dei suoi convittori; dava il bando all'abito a coda, all'alta cravatta, alla feluca, e vi sostituiva la divisa dei bersaglieri, e il cappello piumato, nero e azzurro i colori. Da tutto ciò una bell'aria di rinascita che spirava da tutto, e chi aveva lasciato pensare o pensato che gli Scolopi fossero stati sempre un po' in guerra contro i Gesuiti, poteva dire che avevano vinto o stavano per vincere. Il Rettore aveva fin fatto ripulire e dai corridoi meno visitati portar bene in vista il ritratto d'uno, ch'era stato convittore e principe dell'Accademia venti anni avanti e che adesso si avviava a divenire un gran tribuno a Casale, a Torino. E i convittori passavano con rispetto dinanzi al forte faccione dipinto di Filippo Mellana, che pareva uscire da una capigliatura soffocante per guardar loro e tirare il fiato perché la gioventù si destava.

Stonava un poco in quel concerto d'anime un padre Serio spagnuolo, venuto lì come uno della gran milizia calasanziana cui fosse stata mutata sede: ma in verità egli era profugo dalla sua patria, scampato in Madrid da un assalto del popolo al suo convento, e uscito dicevasi da quella città nascosto in una carrata di fieno. Nel Collegio faceva da ministro. Olivastro nel viso, ossuto, segaligno, feriva gli occhi a chi lo guardava nei suoi, e schiaffeggiava da cannoniere. I convittori lo temevano, ma i padri non gli volevano male. In fin dei conti era della patria del loro fondatore, del quale non si erano mai gloriati tanto come in quei giorni, che potevano dire aver egli, due secoli avanti, prescritto che tutti nell'ordine parlassero italiano, e si accogliessero a scuola anche gli ebrei. Egli non aveva aspettato che li liberassero i Re coi loro Statuti.

Quando scoppiò la guerra del 1848, il Collegio fu un faro per tutte le Langhe. Non v'era notizia che non aggiungesse luce là dentro agli spiriti. Né vi cessarono gli ardori neppure quando Pio IX richiamò l'esercito dalla guerra nella valle del Po. Perché Durando, che era di Mondovì, là presso, e ben noto a qualcuno dei Padri, s'era gingillato tanto a passare il gran fiume; perché non aveva fatto presto a dar dentro negli austriaci, a vincerli in qualche grossa battaglia, che il Papa ne avrebbe avuto piacere? Dicevano così i più ingenui; ma il professore di filosofia, quello galuppiano, bisbigliava che forse a udir troppi canti per Carlo Alberto il Papa si era seccato, e che doveva essersi doluto assai d'aver letto il Primato di Vincenzo Gioberti, e di avervi creduto.

Poi dopo lievi tripudi per Goito, per Pastrengo, terre lontane che il pensiero fingeva già lì appena oltre i colli, per farne una cosa sola col Piemonte, vennero le notizie amare delle sconfitte e gli sgomenti. Triste fu l'autunno del 1848, triste l'inverno appresso. Sopravvenute le notizie di Roma e della fuga di Pio IX, nel Convento entrò la malinconia. Il professore galuppiano se la prendeva apertamente, ma chetamente, col Primato: il Serio spagnuolo pareva tener in tasca un volume di sue profezie avverate o da avverarsi; il padre Canata divenne pensoso e taciturno. Dové sentire che presto l'anima sua sarebbe stata presa tra due vènti contrari. A chi avrebbe augurato di cuore la vittoria? Tremava di poter perdere per forza, un qualche giorno, la sua sincerità. Tuttavia quando fu saputo che a Novara l'esercito piemontese era stato sconfitto, egli discese per fare scuola. Entrò che pareva andasse all'altare per dirsi da sé la messa da morte; e quando fu sulla cattedra agli alunni rimasti con l'anima sospesa a guardarlo, disse: «Figlioli, i nostri soldati furono vinti, ma Dio non abbandonerà l'Italia». E cadde svenuto.

Due giorni appresso il Collegio fu tutto sossopra. Vi era giunta notizia della rivolta di Genova che non voleva più stare unita al Piemonte, perché questo era stato vinto a Novara, o che se unita voleva mettersi alla testa dello Stato lei, per continuare la guerra. Voci confuse, oscure, che misero in subbuglio i convittori liguri e monferrini, gli uni contro gli altri. Il padre Canata vegliava e pregava pace. Ma che dolore il giorno in cui per la borgata passò uno squadrone di Aosta cavalleria, che marciava al Colle di Cadibona per andare all'assedio di Genova! Qualcuno aveva udito quei soldati a dire che avrebbero fatto in Genova la Pasqua, ma udito a dirlo con certe parole feroci che adesso non si possono più ripetere. E perciò collere nuove nel Collegio tra quei convittori, e pericoli di vederli venire alle mani. Il giorno appresso, il padre Canata salì in cattedra. «Aprite Dante, Purgatorio, Canto sesto!». Disse così e si mise a leggere. Chi di quei giovinetti vide poi, udì poi più Sordello, come ascoltando quella lettura, e la musica tempestosa dell'invettiva all'Italia? E fu pace. Di là a dieci anni, molti di quei genovesi e monferrini fattisi soldati volontari per le guerre del 1859 e del 1860, ne parlavano ancora esaltandosi, e ricordando il gran Maestro, si confidavano di sentire dentro d'essersi mossi a servire la patria anche per merito di lui.

Insomma allora il padre Canata aveva smorzate le ire. Gli animi di quei giovinetti non si erano più infiammati d'odio, neppur quando si diceva nel Collegio che dalle cime di Montenotte si udivano le cannonate dei piemontesi contro Genova; né se gli esageratori voluttuosi del male soggiungevano che anzi di lassù si vedevano sin le bombe nell'aria e che la gran città era già mezza in rovine. Poi silenzio e per parecchi giorni più nulla. Gli spargitori e i cercatori di notizie terribili tacquero. Soltanto quando passarono i bersaglieri che tornavano da Genova vinta, nei borghi di qua dell'Appennino, le donnicciole sussurravano che quei soldati dovevano avere gli zaini pieni di gioielli, di mani tagliate e fin d'orecchi strappati in fretta, con gli anelli ancora alle dita e coi pendenti ancora appiccati: scellerate menzogne, messe da persone tristi e matte nelle loro povere teste. Ma furono fatte star zitte dal buon senso.

A poco a poco le male voci si spensero, e rimase nel Collegio di Carcare che i convittori parlavano del generale Lamarmora come d'un drago e i piemontesi come d'un padre.

Queste cose imparavano i giovanetti che entravano convittori in quel Collegio dopo il 1850.

E un giorno d'estate del 1851, furono visti nel refettorio del Convitto alcuni grandi ufficiali dell'esercito alla mensa dei Padri. Prima del desinare, i convittori grandi avevano osato avvicinarsi a qualcuno di quegli ufficiali, nei corridoi dove andavano curiosando e fermandosi a questo o a quello dei ritratti di principi delle Accademie tenute negli anni addietro. E avevano saputo che erano venuti da Torino a visitare e a studiare i luoghi di Montenotte e di Dego, perché nel veniente settembre vi dovevano condurre molti reggimenti a fingervi le battaglie di Napoleone. Vi sarebbe venuto il Re in persona. Il Re? Non se ne parlava ancora bene, vagava ancora qualche accusa. Come si era diportato a Novara? Il suo nome fu oggetto di questioni tra quei ragazzi, le voci dei quali erano echi di cose udite nelle loro famiglie. Alcuni dicevano che Vittorio Emanuele non sapeva far altro che andare a caccia. E così nelle camerate non si parlò d'altro per settimane, finché capitò nel borgo e nel Collegio il Duca di Genova, fratello del Re. Andava anch'egli a veder Montenotte. Ma quello sì che era un principe! Si sapeva che a Novara aveva combattuto da disperato, e che verso la sera di quella amara giornata s'era imbattuto in un cannoniere che, morti gli altri serventi del suo cannone, si ingegnava a sparare ancora. «Che cosa fai?» gli aveva detto il Duca. E il soldato a lui: «Altezza, mi hanno insegnato che il cannoniere non deve abbandonare il suo pezzo fino alla morte, ed io aspetto». «Bravo!» aveva gridato il Duca, e aveva anche ordinato che si pigliasse il nome del cannoniere, il quale era appunto d'un casale di quelle parti. Certo il Duca lo avrebbe fatto cercare. Tutte quelle storie mettevano fuoco ai cuori. Fossero venuti presto gli esami, presto fossero passate le vacanze; se i mesi fossero stati cose, quei ragazzi li avrebbero dati via per nulla, purché venisse il settembre.

Bella sveglia di spiriti fu l'apparizione dei reggimenti che per le valli del Monferrato e delle Langhe e dai presidi della Liguria si avviarono a Montenotte! Erano ancora formati massime di soldati che avevano vinto a Goito e perduto a Novara, ma rifatti d'animo, disciplinati e baliosi: belle fanterie rosse, gialle, bianche, bei bersaglieri e cannonieri poi che parevano di bronzo come i loro pezzi. Bocche da fuoco, sentivano dire i giovani invece che cannoni, e il nome pareva più eroico e da poesia e da battaglia. E scappavano da casa per andar dietro ai soldati, per vederli accamparsi, per trattenersi a parlar con loro.

E venne il gran giorno aspettato.

Sulle alture di Montenotte non ebbero certo testimoni gli austriaci e i francesi l'11 e 12 aprile 1796, quando se le diedero per davvero. «C'è mezza Genova, ci sono mezze le Langhe!» esclamavano certi signori, quel dì del settembre 1851, guardando largo da un cocuzzolo, la innumerevole moltitudine che brulicava lassù dappertutto. Erano parole, ma insomma ci pareva mezzo mondo. E vi furono dei fortunati che s'imbatterono a udire dei montanari di quei luoghi, vecchi di settantacinque o ottant'anni, i quali avevano fatto da guida per forza a francesi o ad austriaci della battaglia, e sapevano ancora dire Rampon, Laharpe, Argenteau, Beaulieu, storpiando i nomi che era una grazia di bimbi. Ora parevano dar poca importanza ai piemontesi che facevano per gioco; criticavano i generali che, secondo loro, non sapevano far nulla. Quelli dei loro tempi sì che erano generali! Ah quei francesi! Naturale. Quei vecchi, per tutta la loro gioventù, non avevano udito dir altro che guerra, Francia, vittoria, e vi si erano avvezzati come a una specie di religione. Così avevano sempre tenute per cose da rispettare fin le pietre dei ridotti fatti dai francesi per quelle vette. Chi non aveva ricollocata a posto qualcuna di quelle pietre, se passando l'aveva vista giù, rotolata dal muricciolo a secco, dove la mano d'un granatiere di Rampon l'aveva messa?

Ma la finzione piemontese era venuta benissimo. L'esercito di Novara era degno dei luoghi, dove lo avevano condotto a dar la prima prova del come era stato rifatto, fatiche, privazioni, disciplina, tutto; condurlo su quei monti nella parte del regno più lontana del confine austriaco, ma col pensiero alla bella pianura, alla sponda del Ticino, dove il cuore non poteva stare che non passasse di là... L'altra riva, che sospirata campagna! Ma per quando? E tra i reggimenti che venivano via o sparivano sulle gole quali da vinti, quali da vincitori, si udivano dei signori che non parlavano né piemontese né genovese. «Sono lombardi, sono veneziani» diceva la gente che ne sapeva un po' di più, «sono toscani, sono romani». Oh, quanti paesi d'Italia!

E la finzione di guerra non era finita. Due giorni appresso, tutto l'esercito era a Dego, a quella stretta di Dego che pare fatta perché gli uomini la trovino e vi si incontrino a farvi le loro stragi. E chi non aveva potuto vedere Vittorio Emanuele in Montenotte, lo vide là su certo poggio, dove la tradizione ancor fresca diceva che si fosse fermato pur Buonaparte. Stava il Re non per darsi dell'aria, ma pensoso, a guardare il suo esercito simulare gli assalti e le difese, onde potersi fidare d'adoperarlo sul serio quando fosse tempo. Era allora tutto biondo, giusto di forme, d'occhi brillanti, quasi bello. Il suo baio gli si muoveva sotto come se si sentisse d'aver l'animo da lui. Cavalcava grave al suo lato sinistro il generale Lamarmora, di cui le donne e i ragazzi dicevano che era ben brutto. Ma quella faccia asciutta, quasi smunta, dava l'idea d'un uomo che lavorasse giorno e notte pel Re, a fargli spendere in armi e soldati tutto il danaro che il ministro Cavaoro aveva cominciato a spremere dalla povera gente. Cavour, Cavaoro! Giocavano così sul nome del ministro non solo gli sciocchi, e chiamavano lui anche impostore perché metteva le imposte. Ma insomma voleva così il Governo del Re; bisognava rispettare, ubbidire e pagare; disciplina bonaria da forti.

Quando nel Collegio di Carcare fu tornata la scolaresca pel nuovo anno, il padre Canata diede subito ai retorici per tema: «La difesa di Cosseria». E disse ai ragazzi: «Tenete bene a mente che fu fatta la finta di Montenotte e di Dego, dove i vinti furono gli austriaci; non quella di Cosseria, e fu bene, perché ivi i vinti furono piemontesi. Non bisogna avvezzarsi in nessun modo al sentimento di poter essere sconfitti».

Chi sa se di quegli Scolopi ce ne sieno ancora; e se ce ne sono, chi sa se possono parlare così?

Queste alture di Montenotte le vidi da fanciullo, gremite di gente, un giorno già quasi di autunno, nel 1851. Tutta quella gente aveva fatto folla quassù dalla Liguria e dal Monferrato, per godersi lo spettacolo d'una battaglia. Battaglia non per davvero, s'intende, che anzi ingentilivano tutto tante, tante signore; ma era cosa guerriera veder quei nostri antichi reggimenti piemontesi, attelati sulle creste nude, lunghe file scure che parevano tormentate dal balenìo delle loro armi. Trasalivamo allo sbucare improvviso dei bersaglieri piumati, irrompenti da qualche fitto di faggi, da qualche sviluppo di rovi; l'artiglieria si arrocciava, si piantava sui culmini, e di lassù tuonava: una festa che si faceva sentir da lontano.

Quei reggimenti portavano il lutto recente di Novara, nome che allora faceva dolere il cuore sin dei bambini. Pareva non vero che avessero potuto perdere in quella giornata! Ed era qui con essi Vittorio Emanuele, giovane allora come la speranza, re da due anni: v'era il Duca di Genova, cavaliere fine e pensoso cui si leggeva l'ingegno grande in faccia; v'erano i due Lamarmora, quello che pareva masticasse di continuo la palla ricevuta in bocca sul ponte di Goito; e l'altro che lavorava a rifar l'esercito, e già quel giorno lo metteva a una prova finta. Con essi poi altri molti divenuti illustri o passati con la turba; tutti, o quasi morti oramai; e non tutti fortunati tanto da aver visto prima questo miracolo della patria rifatta.

Gioco che fra le migliaia di teste vedute qui in quel giorno, nemmeno cento pensavano più in là d'una buona guerra contro l'Austria che allora si chiamava l'eterna nemica. Oh! se si avesse potuto pigliare la rivincita di quel tetro quarantanove! E non si rifletteva che, cacciata via l'Austria, il resto sarebbe venuto quasi da sé; che il sentimento dell'unità si sarebbe svegliato pronto, generale, indomabile. Ci siamo veduti quando fu il tempo.

Veggo dei segni di tende levate di fresco, e so che la prima compagnia alpina ha passato qui la notte dal 25 al 26 luglio. Dunque su queste alture furono visti i cappelli geniali dei nostri alpini? Che bel rammentare il cinquantanove, e Torino, e i portici del Maggi, dove fra i figurini di divise proposte per i Volontari, una ve n'era che somigliava tutta a questa delle Compagnie! Non fu adottata perché allora si era massai a spendere, o perché quella foggia di cappello era troppo alla calabrese. Ma i volontari furono chiamati Cacciatori delle Alpi; ed ora in quel nome glorioso, nella memoria di quel figurino, nell'uniforme e nel nome delle compagnie, pare di veder composti certi dissidi, che i giovani d'oggi non sanno, ma ch'erano in quei tempi vivi molto e pericolosi.

Soldati quadrati questi Alpini. Se non hanno superato, di certo arrivarono l'eccellenza dei bersaglieri. Vennero qui dalle gole di Val di Tanaro, dove l'Appennino è più aspro e foresto, ed essi v'han le loro sedi e sanno i sentieri, i varchi; sin l'orme dei lupi. Là impararono a conoscere i nomi dei Piemontesi che, di rupe in rupe, contrastarono per quattro anni il suolo della patria ai Francesi, e a quali Francesi! Ora hanno dato una corsa qui, passi da difendersi esultando; e forse hanno inteso che come si faccia a starvi, lo insegnò Rampon nel 1796.

Non v'è una pietra che segni il punto dove fu il forte del famoso combattimento. Eppure nel 1805 Napoleone decretò che qui, forse sul culmine su cui stette Rampon, fosse innalzato un monumento. E il sei fiorile dell'anno tredicesimo repubblicano, ne scriveva al general Berthier, in una lettera che anni or sono doveva essere pubblicata in Francia, dove si crede che il monumento sia stato eretto davvero, tanto che nel 1875 fu chiesto di là per via di consoli, se esistesse ancora e in quale stato; o se distrutto, in qual tempo lo fu, e in quali circostanze. Ma nessuno vide mai nulla: di monumenti questi montanari non ricordano, né hanno visto mai che i ripari di pietre formate dai Granatieri di Rampon; li hanno rispettati e li chiamano il ridotto.

Di qui si vedono i punti estremi della linea occupata dagli alleati nel 1796; e mentre il sole va sotto, si contano a certe oscurità tutte le valli che la tagliano via via. Era lunga dalla Bocchetta di Genova all'Argentiera più di cento miglia pei monti; vi campeggiavano trentamila Piemontesi e cinquantamila Austriaci; questi condotti da Beaulieu, quelli dal Colli. Intanto Buonaparte se ne veniva da Nizza lungo il mare, con ventottomila fanti, tremila cavalli, trenta cannoni e i suoi ventisei anni. Tesoro non se ne parlava; perché il Direttorio gli aveva dato una pizzicata di luigi come a uno scolaro, e ancora l'aveva incaricato di spartirseli coi vecchi generali che sarebbero stati suoi luogotenenti. I soldati erano mezzo nudi, pasciuti appena da reggersi ritti, mandati alla guerra da un governo che, per bocca del giovane generale, aveva dichiarato di non poter nulla per loro. Ma il generale aveva aggiunto di suo, che di qua dai monti v'erano le più belle campagne d'Europa, città ricche, abbondanza. Stanchi di assaettarsi a morire per i greppi della Provenza, quei soldati venivano lieti e cantando alla terra promessa.

Cose che sanno tutti, ma che io intesi da uno che conobbi vecchissimo, e nel 1796 aveva già più di vent'anni. I Francesi lo avevano colto vicino al Santuario della Misericordia di Savona, mentre se ne tornava a casa sua nei boschi. Invitato a servir loro di guida, non s'era fatto pregare. Diceva che erano stracciati e magri da far pietà, ma non feroci come li gridava la gente. Egli aveva parlato con Buonaparte e lo menzionava toccandosi il berretto; ma, ricordo vivissimo in cui si compiaceva, gli era rimasto il cavallino bianco montato da quel giovane magro, pallido, di capelli lunghi, i cui occhi tiravano come due pistole. «Pareva che quel cavallino avesse le ali, tanto correva veloce, qua, là, in cento punti: e lo seguiva un nugolo di cavalieri tutto oro e pennacchi, i diavoli e il vento». Così diceva quel vecchio tenendo gli occhi fissi come in una lontananza ideale. Forse si moveva laggiù la sua cara antica visione.

Buonaparte aveva bisogno che la linea occupata dagli alleati rimanesse lunga qual era, per trovarla sottile nel punto da lui scelto a sfondarla; quel punto che egli aveva scelto attentamente due anni prima, nei due giorni che il corpo di Dumerbion, con lui per colonnello d'artiglieria, era stato in Dego, a riposare dal combattimento del Colletto, a far bottino della roba lasciata ivi dagli Austriaci di Wallis, fuggiti senza sconfitta. Curioso luogo di storia militare che meriterebbe d'essere spiegato.

Che manata deve essere stata quella che si diede in fronte Beaulieu, all'alba dell'undici aprile 1796, quando, per le gole dell'Appennino gli giunse verso Genova il rombo delle cannonate da questi monti! Ed egli, rinforzata la Bocchetta e rimontata la Valle dell'Olba con undici battaglioni, aveva creduto di poter precipitare addosso ai Francesi, sorprendendoli in marcia lungo il mare, giù in quel di Voltri! Ma dunque Cervoni, quel maledetto generale còrso che si era avanzato sin lì, appunto il giorno avanti con tremila uomini, non era che uno scorridore? Dunque i Genovesi mandandogli a dire che i

Francesi miravano a girar la sua sinistra, per guadagnar la Bocchetta, lo avevano ingannato? Certo il nemico gli si appuntava contro l'ala destra, là dove questa si annodava con la sinistra dei Piemontesi! Piantò Nelson, col quale era disceso in Voltri a concertare chi sa che operazioni; mandò gente verso questi monti, lungo e disperato cammino; egli stesso si mise in marcia per venire quassù. Povero Argentau, povero Roccavina, messi qui con poca gente, che sarebbe avvenuto di loro? E lui, addio la sua fama guadagnata nella guerra dei sette anni!

Quel giorno che fu l'undecimo di aprile del 1796 Argentau, con dodicimila uomini, era venuto incontro ai Francesi, già stabiliti sulla piccola catena d'alture che sorgono, come gobbe, su questo dosso dell'Appennino. E aveva trovato che Roccavina (quello forse che lasciò il suo nome a un reggimento Croato, sciabolato da Genova Cavalleria, a Governolo, nel quarantotto), arrivato all'alba da Dego con duemila e cinquecento soldati, si era impadronito del colle delle Traversine. Allora egli diè dentro assalendo quello di Castellazzo, e quasi senza contrasto lo prese. I Francesi parevano agevoli quel giorno; due dei loro ridotti erano superati; rimaneva il terzo; questo di Monte Legino, a sbarrare il passo che giù per i fianchi rotti della montagna mette a Savona. Se si riesce a superare anche questo, l'ala destra dei Francesi rimarrà scoperta, e giù nella Valle del Letimbro. La Madonna della Misericordia, dal suo Santuario n'abbia pietà; se no gli Austriaci faranno un macello, che il sangue scolerà sino al mare.

Ma su Monte Legino v'era Rampon.

Chi passa giù nelle fondure del Letimbro, alzi gli occhi e saluti il profilo di questo ridotto, riconoscibile ancora da lontano: e si immagini i mille dugento soldati della ventunesima e della centodiciassettesima mezza brigata, che con i loro avanzi formarono poi la trentaduesima, nelle guerre napoleoniche chiamata la brava. So d'una vecchia incisione in legno che rappresenta il fatto, visto appunto dal passo del Letimbro, dove ora è il gran ponte della strada ferrata. Un gruppo dei cavalieri freddolosi con i mantelli indosso stanno lì sulla via che mena all'altura, e guardano questa cima coronata di fumo. Nel fumo v'è un movimento, quasi un brulichio. È rozza l'incisione, ma deve essere stata fatta su uno schizzo dal vero. Ai piedi, a guisa di medaglia, v'è il ritratto di Rampon.

All'aspetto pare che fosse un uomo austero. Aveva gli occhi grandissimi, il naso a filo, carnoso, il mento sporto, i capelli acconciati sulla fronte grande. Vestito dei panni d'allora, con quel soprabitone giacobino dalle mostreggiature larghe, dal bavero che dava su alla nuca, dalle falde che battevano sotto le polpe; con quella lucerna piumata in capo, qui ritto sul culmine, circondato da quel migliaio d'uomini, vestiti e piumati come lui, dev'essere stato d'una grandezza sovrumana, quando tuonarono il giuramento di voler morir tra quei sassi, piuttosto che darsi vinti. Viva la Repubblica! urlarono in mille. Gli Austriaci, che poterono udire quel grido, nel frastuono delle fucilate, si sentirono come tirati dalla voragine della morte, e si avventarono risoluti e gravi la terza volta.

Dal petto in sù i Francesi sorgevano, ma non tiravano. Essi, non avendo più cartocci, aspettavano con le baionette incrociate. Allora gli Austriaci investirono a capo basso come tori; ma quel muro di petti non fu possibile romperlo. Ributtati, rotolarono morti feriti, fuggenti; ne furono trovati sin nel greto del Letimbro laggiù, orribile salto, quei che lo fecero in sensi.

Argentau trasse le sue genti indietro, e le postò in luogo di dove parve dire: A domani!

Rampon ebbe un po' di respiro. Chi conoscesse qui attorno il punto vero dov'egli si stese a passa la notte!

A domani, dunque. Ma l'indomani Massena, Augereau, Laharpe, arrivarono diritti come falchi, questi di fronte, quelli di fianco agli Austriaci. Laharpe, alle cinque del mattino, che d'aprile e ancor notte, assale Argentau: questi, superiore di forze, crede di potergli ruinare addosso e precipitarlo giù nei burroni. Ma Augereau e Massena lo urtano improvvisi, irresistibili, nel fianco destro e quasi nelle spalle; vuole far fronte da tutte le parti; è inutile; cominciò la rotta, divenne un eccidio. Egli e Roccavina, feriti, poterono a stento fuggire, cacciandosi per quella valle dell'Erro là, angusta, tetra, spaventosa. Dei loro soldati duemila caddero prigionieri, mille e cinquecento giacquero morti; tanti corpi, che di nati tra questi monti, non ne tornano alla terra altrettanti in tre secoli; diecimila dispersi andarono come lupi a branchi, alla ventura per le selve; un migliaio rimasti uniti si ritirarono coi Francesi alle reni, urlanti per quelle gole. Che pensiero in quell'ora, che sgomento la patria lontana!

Bisognava aver uditi i vecchi, ultimi testimoni della rotta, quando narravano queste cose nel rozzo ma pittoresco e vigoroso linguaggio di questi monti! Ora son tutti morti, e la prima Compagnia Alpina passò senza la consolazione di averne trovato uno che potesse dire d'aver veduta la gran tragedia.

Da Montenotte a Dego, si va tra faggi e castagni che, tormentati dai vènti marini, empiono le solitudini di un clamore monotono, tedioso, come di cascate d'acque molte e lontane. Si incontrano casolari ai varchi, sulle vette, in grembo ai valloncelli verdi; e che bei nomi! Quel tetto che si vede laggiù, è d'una casa di coloni chiamata «l'Amore». Date un'occhiata a sinistra. Li vedete quei massi che l'uno sopra l'altro sembrano un tumolo di chi sa qual uomo favoloso? Ebbene, là sotto v'è una spelonca dove, cara leggenda, Adelasia visse i suoi amori con Aleramo. Quella casetta laggiù in quel fondo, tra quei castagni spanti che sembrano secoli, presso quel torrentello che va via luccicando come corresse argento colato, la chiamano «l'Erede» e vi nasce la bellezza. Da generazioni, maschi e femmine, tutti statue greche in quel tugurio, in quel bosco! E suonano da tutte le parti canzoni che cercano il cuore, fanno invidiare la semplice vita di quella gente, dànno persino un senso vago dei tempi feudali. Udite?

Er fieu du re l'è 'ndà spassagèe

In s'ra riva der mar;

U n'a sentì na certa vux;

Chi a r' è sa li ca canta?

Sa li ca canta a n'è pa per vui,

R'è dona marideja.

O marideja o da maridèe

Ra veui per ra me spusa.[1]

Anche vibra talora la nota eroica.

A ji spettruma in zima ar zuvu,

A i daruma 'r bragg du luvu!...[2]

Per chi poi, contro chi, i versi feroci del canto che tutto insieme, nel dialetto originale, arde d'un patriottismo quasi barbaro, ma grande? Per quei monti furono sotterrati tanti Francesi!

Giù, giù, sempre per borri selvaggi, si arriva a Dego, alle strette di Dego, fatte per le stragi umane. Su quel colle di Magliani, coronato di casette esultanti nella loro povertà come anime pie, quanti Francesi e quanti Austriaci videro l'ultima luce, provarono l'ultima angoscia, rimanendo a farsi polvere nel terreno rosso, che si direbbe divenuto così dal tanto sangue bevuto!

Lassù vidi Vittorio Emanuele nel 1875, su d'un baio che per i greppi vinceva le capre. Ma non era allegro quel giorno il Re. Forse lo opprimeva il cumulo delle memorie; forse si ricordava d'un veterano di Napoleone che nel 1851, in quel luogo, gli si era fatto alla staffa per salutarlo, a dirgli, richiesto, la propria vita. E che aveva guerreggiato in Ispagna cinque anni, sotto il maresciallo Suchet; e che nel 1821 era stato portabandiera del reggimento Alessandria a Novara; e che travolto nella rotta dell'Angrogna s'era condotto, fuggendo, a piedi sino a Ponzone in quel d'Acqui, portando seco l'insegna che non aveva voluto lasciarsi levar di mano da nessuno, salvo che dal Vescovo. Chi sa cosa pensasse il Re, se gli tornava a mente quell'antico rivoluzionario, devoto a suo padre e così buon diocesano?

A Dego cominciò la fortuna di Lannes. In quell'ufficiale che conduceva così accorto ed ardito il suo battaglione contro il ridotto dei Magliani, l'occhio di Buonaparte indovinò il futuro duca di Montebello. Nel campo di Dego, la notte dopo il fatto d'armi, il giovine colonnello Muiron sognò d'aver salvata la vita al generale in capo, e di aver vista la Morte dare la posta a lui, per un'altra volta. E la morte lo colse ad Arcole pochi mesi di poi, appunto mentre egli copriva col proprio petto l'Eroe; l'Eroe che dopo tanta e sì lunga fortuna, caduto, si ricordò di lui, e voleva pigliarne il nome, per andar a vivere solitario al focolare del popolo inglese. Dolce ritorno di sentimenti umani nel cuor di quell'uomo che era parso un Dio. E a Dego, il 15 aprile, quando Wukassovich, ancora sbandato da Montenotte, arrivò tempestando sopra i Francesi sdraiati nella vittoria del giorno avanti, cadde il generale Causse menando alle difese un pugno d'audaci. Fu portato via morente. Buonaparte gli passò vicino. - «Dego è ripreso?» domandò il ferito con voce spenta. E Buonaparte: «Il ridotto sì!» - «Allora, viva la Repubblica! muoio contento!» disse Causse con le ultime forze, e spirò consolato dalla bugia generosa di Buonaparte. Bugia, perché appunto in quel momento Wukassovich si cacciava dinanzi come turbine i Francesi; e li sbaragliava se non arrivavano Victor, Masséna, Menard, Cervoni, tutti. Ond'egli, l'eroico vendicatore, dovè ritirarsi rotto, perseguitato, perdendo bagagli, armi, soldati: miracolo se potè giungere in Acqui vivo.

Quelli i gloriosi. Ma le migliaia di gregari, i morti compendiati in una cifra, tutto quello strazio di carne innominata per i cinque o sei nomi che la storia tramandò? Pensiero cupo dei soldati che camminano, collo zaino sul dorso, per le strade polverose, taciturni, lontani dalle case ove nacquero. Ma gli Alpini che passarono nella mia vallata, forse non tutti avevano il capo alle cose lugubri, né alle glorie dei guerrieri illustri rammentati ancora dai valligiani. Erano pieni d'altri affetti vivi e presenti. A ogni passo madri, sorelle e persone di più tenero desiderio, si facevano incontro alla Compagnia, cercando sotto quei cappelli delle faccie care. La gran patria è augusta e dolce al pensiero; ma il cantuccio di essa dove si nacque, il nostro cuore è tutto per esso. E più qua, più là, quei soldati erano tutti nativi di questi monti. Oh! dove ad ogni occhiata si scopre un punto conosciuto nei boschi, nei campi, nei sentieri biancheggianti traverso i fianchi d'un monte lontano; un punto da cui si rifà qualche memoria nostra, qualche nostra passione; ivi sì che da soldati si combatterebbe con animo grande, saputi vicini da chi conosce tutta la nostra vita, forse sotto gli occhi della donna amata!

Di quest'animo dovè essere il cavalier Del Carretto, quando circondato da soldati suoi paesani, quasi nel bel mezzo delle Langhe, veduto, sto per dire, da tutte le torri feudali piantate su per quelle vette lontane e vicine, possessioni antiche dalla sua gente, nel castello rovinato di Cosseria, aspettò l'assalto dei Francesi e la morte. Vi era venuto dalla valle del Tanaro, pieno di mesti presentimenti. Un giorno, mentre marciavano sotto la pioggia, un sergente molto amato da lui e campato poi vecchio sino al 1859, molle sino alla pelle, inzaccherato, stanco morto aveva osato dirgli:

«Che vita le tocca, signor cavaliere, lei che poteva starsene tranquillo nel suo palazzo di Torino, coi piedi al fuoco!».

Il cavaliere si era mosso come a una puntura e al sergente aveva intimato di tacere: ma poi battendogli sulla spalla aveva soggiunto dolcemente:

«Dimmi, tu ed io chi ci ha più roba al sole?

Oh! lei senza dubbio; io sono un poveretto.

Ebbene, avrei potuto starmene al fuoco, nel mio palazzo? Eppure là v'è mia moglie, v'è il mio figliuolo... Senti, lasciamo andare questi discorsi; e quando una palla m'avrà ammazzato, allora dirai: ecco, il cavaliere è tranquillo».

Diceva quel vecchio sergente, che il cavaliere Del Carretto era un giovane bellissimo, non molto gagliardo ma fiero, sempre taciturno e scontento forse per cose domestiche. A Cosseria fra le rovine del castello che fu dei suoi vecchi, colto da una palla nel petto, cadde nelle braccia dei suoi granatieri, molti dei quali lo avevano visto fanciullo.

Ora v'è una lapide lassù posta nel 1860, l'anno in cui tutto sentì come un grande risvegliamento. In essa è scritto di lui, di Bannel, di Quesnel generali francesi, morti nemici e mescolati ora nella pace soave di quell'altura, dove io da giovinetto andava da lungi a leggere la Capanna dello Zio Tom, piangendo a quel grido d'angoscia che ci veniva dalla grande America, e ignorando il gran cuore che si era spento lassù mezzo secolo prima. Non sapeva che qualcuno dei teschi nascosti fra i rovi che tutte avvolgono quelle mura cadute, poteva essere stato la testa bella, malinconica e ardita di quel cavaliere. L'antico sergente non me ne aveva parlato.

Un giorno un generale prussiano, vecchio sopra i settanta, il signor Fritz de B... fece la salita del castello di Cosseria, e la rifece poi tre o quattro volte, ostinato a capacitarsi del come i Francesi abbiano potuto assaltarlo. Aveva carte e libri tutti note nei margini; interrogò, cercò. Ma tant'è, diceva, quell'assalto come lo narrano le storie, mi pare una storia da tori furiosi. - Badi, gli fu detto poi, badi che il vero assalto deve essere stato dato da nord. Ella ha visto che da quella parte la salita è meno erta; che le mura del castello vi sono più basse; che ivi soltanto possono essere superate senza scale; e sa che Joubert fu ferito appunto mentre con sette de' suoi saliva... Ora Joubert arrivava da quella parte.

«Così dovrebbe essere, diceva il prussiano, ma la storia non lo dice.

Ma si sa che Joubert, la sera del dodici aprile, appena sceso da Montenotte, fu mandato da Buonaparte ad occupare il colle di Santa Margherita che è quello là... a nord-est del castello...».

E il prussiano a studiare.

Fosse stato ancor vivo il sergente del battaglione Del Carretto, che preziose notizie avrebbe potuto dargli! Egli raccontava che la notte dal 12 al 13 aprile, conosciuta la rotta degli Austriaci a Montenotte, un corpo staccato dall'esercito di Colli, aveva camminato nella valle della Bormida tra Millesimo e Cengio, per andarsi a congiungere con quelli verso Dego. Ma all'alba, attaccato dai Francesi a destra e a sinistra, il comandante Provera si dibattè in quella stretta, avendo la Bormida alle spalle ingrossata improvvisamente, e i monti a petto dinanzi. Rotto, non vide scampo che sopra quella vetta di Cosseria, e vi trasse quanti potè dei suoi. Fra quelle rovine si piantarono risoluti a starvi sino alla morte. Di lassù vedevano Dego difesa dagli austriaci, vedevano a destra Montezemolo dov'era Colli accampato, un triangolo di cui essi occupavano il vertice formidabile.

Quel sergente, dopo sessant'anni, vedeva ancora il parlamentario francese salito a portare l'intimazione di Buonaparte, e narrando stringeva i pugni.

Gli pareva di udir Provera rispondere modesto e sicuro, che non si sarebbe mosso, se non a patto d'esser lasciato andar libero a raggiungere l'esercito di Colli; e accertava che mentre Provera rispondeva, il cavaliere Del Carretto gli stava ai panni come per mettergli il proprio spirito in corpo.

A Buonaparte sarebbe convenuto accordarlo quell'onore dell'armi; perché trattenuto alle falde di quella bicocca, rischiava di far mancare gli aiuti a Massèna, se ne avesse avuto bisogno a Dego, dove già era alle prese. Ma no. Lo lasciò detto un prete che giovanetto l'udì presente. Ricevuta la risposta di Provera, Buonaparte esclamò in italiano «Oh:... vuol imitare Rampon? Ebbene... cannonate!» Allora dal colle che sta di faccia al castello verso ponente, il cannone cominciò a tirare; ma i piemontesi non risposero perché senza artiglierie. E senza artiglierie, senza pane, senza acqua; chiusi tra quelle mura diroccate col loro coraggio, tennero fermo sino alla sera.

Il sole cominciava a calare quando Augereau, lasciato là da Buonaparte che era corso a Dego, comandò d'assaltare il castello. Bannel, Quesnel e Joubert marciarono alla presa, su per i tre contrafforti che si annodano a quella specie di cono su cui sorge il castello e gli dànno forma di tripode. Joubert veniva dal contrafforte a nord, e a mezza via fece sosta per dare un po' d'aria ai soldati. Bannel e Quesnel, dai due altri contrafforti, videro e sostarono anch'essi. I Piemontesi, credendo che mancasse ai nemici l'ardire d'andar più sù urlarono di gioia; e cominciarono a far tombolar giù grandi massi che rovinando per i fianchi quasi a picco del colle squarciarono, scompigliarono i Francesi, n'uccisero o ferirono più d'un migliaio in un quarto d'ora. Alla tragedia si mescolò lo scherno. In faccia ai più avanzati assalitori furono lanciate le interiora d'un bove sottratte alla fame di chi le avrebbe divorate lassù. Bannel e Quesnel morirono in quel punto.

Ma Joubert che saliva per un pendio più agevole, potè arrivare sino alle mura. E già con sette de' suoi v'era sopra, quando una pietrata in faccia lo rovesciò per morto sul tiro. Allora fu una fuga giù giù sino alle più basse piaggie boscose. Su in alto esultavano i difensori nell'ultima gloria. Augereau invelenito fece asserragliare con botti, con carri, con tronchi d'alberi tutti i passi al castello; a mezzo tiro di schioppo piantò i cannoni.

L'indomani, disperato d'ogni soccorso, co' suoi affamati, con Del Carretto morto, Provera chinò il capo e si arrese.

In quel giorno che fu il quattordicesimo d'aprile del 1796, che allegrezza nel Quartier generale piantato in Carcare, quasi a distanze uguali da Montenotte, da Dego e da Cosseria! Buonaparte entrando in casa al Sindaco, dove si era messo da padrone, non lo trovò a far le accoglienze. Quell'ometto, genovese fiero d'animo e nemico ai Francesi, s'era ridotto in cucina per non ossequiare l'ospite mal gradito. Quando si udì venir addosso quel trionfo di generali, andati a cercarlo sino in quel suo rifugio, egli nemmeno si volse. Allora Joubert, pesto e bendato nella faccia, gli menò una scudisciata rimbrottandolo del contegno irriverente. Ed egli, afferrato urlando un coltellaccio, si slanciò contro Buonaparte risoluto a scannarlo. Se non era rattenuto, che mutamento nel mondo sulla punta di quel coltello! Buonaparte non volle che fosse toccato.

Forse, in quel momento bello della sua vita, la gioia lo disponeva a bontà. Forse il pensiero di tanti vinti, delle bandiere e dei cannoni conquistati, del Direttorio, del mondo che presto si sarebbe prostrato a lui, non gli permise di chinarsi a lasciar punire quell'ometto protervo. O pensò alla casetta di Ajaccio, alla madre, al padre suo che, ventotto anni avanti avrebbe fatto peggio al generale Marbeuf che vinse i Còrsi, se gli fosse entrato in casa a quel modo? Accennò agli ufficiali, e tutti lo seguirono di sopra ossequenti. Ma il sindachetto non mutò d'animo, sebbene, indovinato il grand'uomo, abbia tenuta poi sinché visse intatta la stanza dove questi dormì quella notte.

Ora chi dal castello di Cosseria, guarda per cercare il mare attraverso la gola di Cadibona, scopre i profili grigi d'uno sterminato edificio, piantato a guardia di quel passo predestinato. E il forte d'Altare, bel nome ispiratore per quelli che dovessero morirvi contro chi si cimentasse nemico a passare. Quasi a piede del forte, nel borgo che gli dà il nome, vive operoso un popolo di vetrai, antico, ricco, gentile. Discendono da una primavera sacra di Fiamminghi venuti da secoli a mettersi in quella gola, quando v'erano quasi vergini le foreste; e ne serbano qualche cosa nella finezza del viso, nei suoni della parlata, nell'assiduità al lavoro. Che gioia per loro e per tutti, se scendendo dal forte il vecchio cannoniere tediato oggi, domani, per sempre, sbadiglierà la noia che si soffre lassù! L'operaio, grondante sudore, soffia dalla canna una bolla di cristallo incandescente, e in un batter d'occhio le dà forma leggiadra: - Duri, dirà, duri, o soldato, la vostra noia! Ecco un bicchier bell'e fatto, beviamo alla pace! -

Montenotte e l'uomo fatale

Una trentina d'anni fa, dal Consolato francese di Genova fu scritto al Comune di cui fa parte Montenotte, per sentire se vi esistesse sempre e in eguali condizioni, o se fosse stato distrutto e in qual tempo, il monumento decretato da Napoleone nel 1805. Era comparsa nei giornali di Francia una lettera di lui al generale Berthier, del 6 fiorile anno decimoterzo repubblicano, nella quale egli divisava il monumento da erigersi in qualche punto lassù, forse sul culmine di Monte Legino, dove con 1200 granatieri della 117a mezza brigata, chiamata poi sempre la brava, giurati alla morte, stette il colonnello Rampon, contro tutte le forze d'Argenteau, dall'alba alla sera, e determinò la gran vittoria del giorno appresso.

Il generale Buonaparte aveva pensato già all'impero sin da Montenotte? Non parrebbe, perché allora non curò di fare scrivere ciò che creava, e soltanto da imperatore poi, mandò a rilevare quel terreno e a raccogliere memorie. In quanto al monumento decretato da lui non fu mai eretto: stanno soltanto i ripari di pietre formati dai granatieri di Rampon su Monte Legino e i montanari li rispettano ancora, li chiamano ancora il ridotto; nient'altro.

Ma chi osasse dire che un monumento potrebbe erigerlo lassù, liberamente, l'Italia nuova, che cosa gli si griderebbe? Eppure sentivano vagamente che la speranza della nostra nazione era cominciata appunto dalla vittoria di Buonaparte lassù, i vecchi di mezzo secolo fa, che si ricordavano d'aver da giovinetti udito dire che quell'uomo, che quei francesi erano venuti in Italia a far lavorare duecentomila fannulloni: e prima di loro avevano sentito così i loro padri, che di quel detto avevano poi visto cominciare e seguire il commento in azione. Dunque nulla di antipatriottico in un monumento che soltanto dicesse: Qui - guerriero di genio italico - Buonaparte generale - aperse l'èra nova - in cui la Patria degli avi suoi - ritrovò alfine se stessa.

A Montenotte, Buonaparte era già l'uomo fatale dall'anno avanti. Sfiorò le pagine di Alberto Sorel.

«Il 12 vendemmiatore, ossia il 4 ottobre 1795, i capi del partito moderato nella Convenzione credevano d'aver ormai in pugno la vittoria sugli ultimi uomini del Terrore. Cominciò ad insorgere la

sezione di Lepelletier. Il generale Menou, che comandava le forze
dell'Assemblea, si lasciò sopraffare. Perciò le altre sezioni, imitando
quella di Lepelletier, presero ardimento e deliberarono di marciare il
giorno appresso contro la Convenzione, per opprimerla. La
Convenzione disponeva solo di 5000 uomini sicuri, con 40 cannoni;
di guardie nazionali delle sezioni se ne contavano 40.000. Allora la
Convenzione diede il comando supremo delle proprie forze a
Barras, per difendersi.

«Questo ex-conte provenzale di quaranta anni, che da giovane era
stato ufficiale di marina, poi aveva partecipato all'assalto della
Bastiglia, poi era entrato alla Convenzione ed aveva votato per la
morte del Re, dopo il supplizio dei Girondini, di Hebert, di Danton,
si era trovato alfin a lottare petto a petto con Robespierre, e aveva
vinto. Il 12 vendemmiatore egli era presidente della Convenzione.

E quel giorno accettò risolutamente il comando delle forze di cui la
Convenzione poteva disporre, sebbene egli sentisse di non avere le
qualità necessarie a servirsene, in quel terribile frangente che
doveva essere l'urto insurrezionale del giorno appresso. Ma durante
la seduta aveva visto nelle tribune la figura di Buonaparte. Lo aveva
già conosciuto all'assedio di Tolone; era stato qualche volta in
conversazione con lui l'anno avanti, essendo commissario civile
della Convenzione presso l'esercito d'Italia; e sapeva che cosa
poteva essere nascosto in quel cervello, in quel petto. Così lo chiamò
subito a sé, e gli offerse il comando effettivo delle forze che egli
aveva accettato.

Buonaparte pensò un poco; certo indovinò di trovarsi ad uno di quei
momenti della storia in cui si risolvono situazioni supreme; forse
anche sentì che quella per lui era l'ora di afferrare pei capelli la
fortuna e di salvare la Francia e la rivoluzione. Nelle Memorie di
Sant'Elena troviamo la relazione postuma del ragionamento fatto da
lui in quel brevissimo istante in cui Barras gli chiese ed egli rispose il
terribile: Sì. Ecco:

«Se la Convenzione soccombe, che sarà delle grandi verità della
nostra rivoluzione?

Le nostre vittorie, il nostro sangue non saranno più che delle azioni
vergognose. Gli stranieri che vincemmo, verranno, trionferanno e ci

copriranno di disprezzo. Una gente incapace (intendeva dei Borboni), un corteggio insolente e degenerato (intendeva degli emigrati) riapparirà trionfante, rimproverandoci i nostri delitti, facendone le proprie vendette, e governandoci come iloti, con la mano degli stranieri. Così la disfatta della Convenzione cingerebbe di gloria la fronte dello straniero, e sigillerebbe la vergogna e la servitù della patria».

Diceva queste parole più di vent'anni dipoi, ma erano la rievocazione della visione lucidissima avuta da lui in quel gran momento del suo colloquio con Barras. Il fatto è che il giorno appresso, 13 vendemmiatore, egli con quei cinquemila uomini e quei quaranta cannoni spazzò dalle vie di Parigi le quarantamila guardie nazionali delle sezioni. La storia non tollera supposizioni, sarà vero: ma se la reazione dei repubblicani moderati avesse vinti e oppressi gli ultimi rappresentanti della Convenzione, quanti passi avrebbero avuto a fare i realisti e gli stranieri per ricondurre la Francia sotto il vecchio regime?

«Buonaparte era ancora giacobino allora, ma dovette applaudirsi in se stesso di non aver voluto accettare, poco più d'un anno avanti, l'offerta di Robespierre il giovane che aveva voluto metterlo a fianco del proprio fratello onnipotente, nel posto di quel generale Henriot, di quel grottesco soldato che nelle giornate di Termidoro lasciò travolgere i fratelli Robespierre e tutto il loro gruppo nella rovina. Allora Buonaparte aveva detto al proprio fratello Giuseppe, che lo sollecitava di accettare l'offerta di Robespierre: «Non c'è posto onorevole per me, se non presso gli eserciti. Abbiamo pazienza! Più tardi comanderò Parigi».

«E ora vi comandava davvero. Da quel 13 vendemmiatore cominciò la sua fortuna. Erano passati i tempi della povertà, delle angustiose peripezie, delle mezze cadute, da cui però si era sempre rialzato da sé, o s'era imbattuto in chi lo aveva rialzato; Doulcet, per esempio, direttore della sezione della guerra. Costui, cui era piaciuto «quel piccolo italiano», come egli diceva, «pallido, malaticcio, ma singolare per l'arditezza delle sue viste e l'energica fermezza del suo linguaggio», gli aveva dato tutta la sua confidenza; e negli uffici della guerra Buonaparte aveva composto quei mirabili piani di invasione della Valle del Po, ch'egli stesso eseguì poi con rapidità fulminea nel 1796-97.

«La conquista d'Italia era già stata una idea capitale del Comitato di Robespierre, ma l'ispirazione pare fosse dovuta all'influenza del Buonaparte sul gruppo. Comunque sia, l'onore toccò a lui. Entrare in Italia, trovarvi mezzi da campare tra gli agricoltori, ricchezze tra la nobiltà da spogliare: ecco la tesi. «Vincere il nemico e farsi fare le spese da lui era un vincere due volte», aveva detto Baudot alla Convenzione nel 1794. Buonaparte lo sapeva, non aveva bisogno di impararlo da lui».

Come dice bene queste cose il grande storico Sorel! Trascrivo.

«Egli, Buonaparte, aveva venticinque anni. Nato còrso, s'era attaccato alla Francia per via della Rivoluzione. Portava nel sangue le passioni primitive che produssero questa Rivoluzione: all'odio e alla gelosia della nobiltà minore e povera contro l'aristocrazia congiungeva l'orgoglio ambizioso del popolo sovrano. Non era di quelli che avevano fatto la rivoluzione, ma di quegli altri a pro dei quali la rivoluzione era stata fatta.

Egli la incarnerà in sé e dirà: "Io sono la Rivoluzione!". Sente in sé le passioni popolari del francese: disprezzo per gli stranieri, odio contro l'Inghilterra, desiderio di conquista, amor della gloria. Farà suo proprio lo splendore della gloria. Farà suo proprio lo splendore della Repubblica, e con questo splendore penetrerà il popolo e l'esercito della Francia. Ma, penetrandolo, lo dominerà».

Non lui, ma l'uomo che egli doveva essere, era stato preconizzato nel 1790, nei primi tempi della Rivoluzione, quando questa era ancora quasi benevola e mite. Rivarol, uno dei membri della Legislativa, aveva detto: «O il Re avrà un esercito o l'esercito avrà un Re: le rivoluzioni finiscono sempre nella spada. Silla, Cesare, Cromwell». E nel 1791 un segretario di Mirabeau s'era espresso con pensiero degno del suo padrone: «Siccome la dinastia non ispira che diffidenza, le si preferirà qualche soldato fortunato, o qualche dittatore creato dal caso».

La gran Caterina di Russia scriveva: «Cesare verrà!». E nel 1794, indovinando vicino il tempo buono per chi avesse osato meritatamente, scriveva ancora: «Se la Francia esce da questa stretta, sarà più vigorosa che mai, diverrà ubbidiente come un agnello; ma le bisognerà un uomo superiore, abile, coraggioso, più alto de' suoi contemporanei, forse più alto del suo secolo stesso. È nato? Tutto dipende da questo». Diceva così la Zarina, spirito chiaroveggente, divinatore. Essa morì prima di potersi lodare da sé della propria profezia e di riconoscere che l'uomo era nato. Ma chi sa? Essendo morta nel novembre 1796, poté forse intuirlo già tutto nel vincitore di Montenotte.

Il Buonaparte era della stoffa di Machiavelli. «Mi lascino entrare nel loro servizio, anche in piccolissimo ufficio», diceva questi dei Medici, quando s'era disposto a servirli per farli grandi e grande con essi la patria. «A salire penserò io». E il sangue dei Buonaparte veniva da Firenze.

Dunque il 13 vendemmiatore ci mise il piede nella staffa, e non lo levò più finché, pigliatosi alla criniera, non fu in sella alla cavalla focosa che spronò poi per tutta Europa.

Cominciò dall'Italia e parve fatale. Qui da noi si affermò la sua figura dominatrice. Dopo la battaglia di Lodi un poco, e dopo quella di Arcole addirittura, non diede neppur più retta agli ordini che gli venivano dal Direttorio.

E qui da noi aveva trovato che il paese era nelle sue classi sociali medie, ben disposto al grande rivolgimento. C'erano pur qui i giacobini propagandisti, che avrebbero accettato una rivoluzione anche violenta; e c'erano più numerosi certamente, i preparati ad una repubblica felice, scevra dall'aver subìto l'iniziazione del sangue e del terrore.

I patrioti italiani erano persuasi che l'Italia era chiamata a scuotere il giogo, a ricominciare la propria esistenza, a riprendere il proprio posto superiore. Infiammati da queste speranze, pubblicavano che per l'Italia era venuto il momento di porsi a pari con la Francia e con la Germania in potenza, come era già a pari con esse per la civiltà e per il sapere. E poiché la libertà non era possibile a conquistarsi se non in uno sconvolgimento generale, pensavano che bisognava affrettare la catastrofe, invece di allontanarne gli effetti.

Buonaparte seppe sfruttar da par suo quelle passioni, ma per allora a tutto profitto della Francia. Egli amava l'Italia, ma con la prontezza d'intuito di cui era sommamente dotato, così che per l'Italia non si poteva allungar abbastanza la mano per afferrarne l'avvenire e farglielo divenir presente. Troppa era la matassa di filo che bisognava dipanare per ordirle e tesserle una vita nuova; e perciò egli ne fece una riserva d'uomini e di denaro a beneficio della Francia. Alla scuola della guerra si sarebbe disusata dal sopportare muta, e rifatta dallo sbocconcellamento in cui s'era invilita nei secoli, avrebbe acquistato coscienza di sé per l'avvenire.

Che egli amasse l'Italia appare da un suo lavoro preziosissimo dettato a Sant'Elena e corretto da lui di suo pugno. Vi tratta della configurazione della penisola sotto il titolo: «Campagne d'Italia». E la descrizione che ne fa, è una plastica in cui tutto piglia forma, le pianure, i corsi di acqua, i sistemi di montagna; e la parola vi diventa cosa. Credo che nessuno abbia superato questa descrizione, fatta con amore che si rivela nelle pagine in cui sono tracciate le linee della difesa d'Italia, con una evidenza suggestiva, come se Napoleone vi avesse trattato non di una Italia quale egli l'aveva lasciata, ma di una Italia quale oggi l'abbiamo, unita a nazione. Egli n'ebbe il presentimento e ne scrisse così:

«L'Italia pare chiamata a formare una grande e potente nazione, ma essa ha nella sua configurazione geografica un vizio capitale che si può considerare come la causa delle disgrazie che dové sopportare, e dello sbocconcellamento in parecchie monarchie o repubbliche indipendenti: la sua lunghezza non è proporzionata all'ampiezza. Se l'Italia avesse avuto per confine il monte Velino, presso a poco all'altezza di Roma, e se tutto il territorio situato fra il detto monte e il mar Ionio, compresa la Sicilia, fosse stato gettato fra la Sardegna, la Corsica, Genova e la Toscana, essa avrebbe un centro quasi egualmente vicino a tutti i punti della circonferenza; avrebbe unità di correnti, di costumi, di climi, d'interessi locali».

Discorre poi minutamente degli inconvenienti determinati dalla configurazione, col sentimento d'uomo che non poteva valutare quanti poi ne avrebber levati via il vapore e il telegrafo; ma pieno di fede proclama tuttavia l'Italia nazione. «L'unità di costumi, di lingua, di letteratura deve, in un avvenire più o meno lontano, riunire finalmente tutti i suoi abitanti sotto un solo governo».

Per esistere (avverte Napoleone), la prima condizione sarà ch'ella sia potenza marittima, onde mantenere la superiorità sulle sue isole e difendere le sue coste. E soggiunge che «nessun paese d'Europa è posto in situazione più favorevole per diventare potenza marittima». Calcola che ha un terzo di coste di più che non la Spagna, e la metà di più che non la Francia; dice che quanto a marinai ne può dare più di ognuna delle due dette nazioni, perché oltre alle sue genti delle coste, le terre della penisola, anche interne, sono così influite della vita del mare, che le città come Lucca, Pisa, Ravenna, Roma, si possono dire marinare anch'esse. E ne divisa i grandi porti. Quello della Spezia gli pare il migliore dell'universo: vede Taranto meravigliosamente collocato per dominare il levante; di Venezia dice che ha tutto, quasi compiacendosi dei lavori ch'egli vi aveva fatto fare, nel canale di Malamocco.

Venezia! Ah! Venezia era rimasta anche per lui una puntura, pel modo con cui l'aveva trattata da generale conquistatore e trafficatore di popoli nel 1797. E ripensando a quel periodo della propria vita, e alle accuse caricategli addosso dagli italiani pel baratto di Venezia all'Austria, nel famoso trattato di Campoformio, si lagnava a Sant'Elena di non essere mai stato compreso dagli italiani. Essi, lo diceva conversando coi suoi generali, non seppero mai riflettere che Venezia, orgogliosa della sua storia gloriosa di undici secoli, mal si sarebbe acconciata a divenir città di provincia nella Cisalpina, sotto Milano capitale. Dandola all'Austria ei l'aveva mandata a patire la servitù straniera; dura scuola in cui avrebbe prestissimo appresa la rassegnazione, per tornar italiana, contenta anche di una condizione inferiore. Alla prima occasione l'avrebbe ripresa, come difatti la riprese nove anni dopo nel trattato di Presburgo.

Argusta giustificazione, cui si può rispondere facilmente «senno di poi»: ma sarebbe grossolana offesa allo spirito del grandissimo uomo. Certo egli nel 1797 non era ancora ad Austerlitz ma in una testa come la sua, e sapendo egli su qual Francia poteva contare anche un calcolo come quello di cui disse poi a Sant'Elena, poteva essersi mosso, come dovette moversi poi difatto, nello spazio e nel tempo.

E di un'altra cosa si lagnava, a proposito del rimprovero che gli era stato fatto di non aver unificato l'Italia. O non aveva egli dato al proprio figlio il titolo di Re di Roma? Se la sorte gli avesse dato di regnare in pace sicura con tutta l'Europa, almeno vent'anni, come natura gli avrebbe potuto concedere; giunto il Re di Roma a un'età giusta, lo avrebbe associato all'impero, e allora gli italiani avrebbero veduto che cosa sarebbe stato dell'Italia.

Il leggere quelle cose di Sant'Elena, ora che Napoleone è ormai così lontano, mentre il secolo testé chiuso era ancor così pieno di lui, dà una gagliarda malinconia al cuore. Fu necessario alla Francia un uomo che fosse capace di vincere l'Europa, e di far penetrare nelle leggi, nei costumi, nelle coscienze, tutte le conquiste materiali e morali della Rivoluzione?

Ebbene, l'uomo fu lui! Le cose conquistate si vennero poi modificando per opera del tempo e pel lavoro delle generazioni; e ora, come dice il Sorel, la democrazia del 1795, piena del concetto della grandezza dello stato e delle guerre di magnificenza, compì la sua trasformazione in una democrazia veramente repubblicana, pacifica, perché la pace è condizione d'esistenza per lei, che cerca la grandezza nel proprio progresso, e che è più curante del lavoro, della giustizia e della libertà, che non della supremazia e delle conquiste. Essa si è rimessa alla testa dell'Europa.